三味
时间集

SANWEI
SHIJIANJI

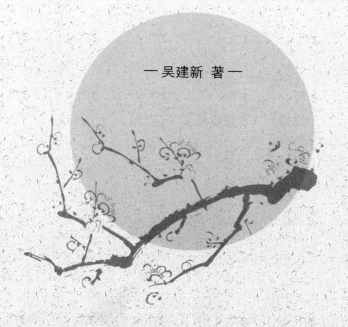

一 吴建新 著 一

天津社会科学院出版社

图书在版编目（ＣＩＰ）数据

三味时间集 / 吴建新著. -- 天津 ： 天津社会科学院出版社，2018.3（2021.5 重印）

ISBN 978-7-5563-0451-6

Ⅰ．①三… Ⅱ．①吴… Ⅲ．①中国文学－当代文学－作品综合集 Ⅳ．①I217.2

中国版本图书馆 CIP 数据核字 (2018) 第 056258 号

出版发行： 天津社会科学院出版社
出 版 人： 张博
地 址： 天津市南开区迎水道 7 号
邮 编： 300191
电话/传真： （022）23360165（总编室）
　　　　　　（022）23075303（发行科）
网 址： www.tass-tj.org.cn
印 刷： 永清县晔盛亚胶印有限公司

开 本： 880×1230 毫米 1/32
印 张： 11
字 数： 275 千字
版 次： 2018 年 3 月第 1 版 2021 年 5 月第 2 次印刷
定 价： 48.00 元

目录

第二部分　持续沉默

第三部分　不断跳跃

前　言

你有过石头落地的感觉吗，这块石头悬在心头，汇聚血泪感思、爱恨情愁，一点一滴凝结起来，忍耐到砰的一声之后，心空了，那些美好、孤思、不平、探究，都随之而去了。

这就是我在整理完这部集子之后的感受。她凝聚了我五年来的心血，有些庞杂，不修边际，涉及古体诗、现代诗、歌词、短评、杂文、游记、论文等体裁，三三式的划分法，对于具体作品摆放，有时还显牵强。对于她的更多介绍，我想还是通过当时的思考为好。

2011 年 7 月 11 日，开始创作，希望以此献给父亲

有很多想法不能归于论文的，只能采用这种思想集的形式了。

三部分以记叙的时长为界，每部分以直观、感性、理性分三篇，前两部分每篇分三章，第三部分以具体章的名称细分。

2011 年 8 月 12 日，三部分虽然是已记叙时间来区分的，但也可以有字数限制，第一部分以 200 字以内为好，第二部分是 200 字到 1000 字，第三部分是长篇报道。

2012 年 4 月 1 日，静夜墨语，是我在晚上夜深人静练习毛笔字在临完贴后随意在纸上所写，既有诗歌又有个人感悟，多为文言，后将个人想法类的也即稍长篇的文字，归入"孤舟载言"中，后者与"古语有言"的区别是，"古语有言"是有目的的用文言文来论述道理，有系统性，而目前"孤舟载言"所记，多为用文言文写的临时性想法，这又与前面篇章用现代语言论述的想法有了区别。

2012 年 4 月，这个集子想起名为《三味时间集》，取事业

001

三味的含义。①

2012 年 6 月 1 日，按照"五一"期间的思考，将目录做了进一步调整，主要是考虑第三部分一直没有启动，就增加了些可以往里写的提纲。其中，在第一篇中扩展出了：湖边观景、湖上心纪、湖中反思，第一章是旅行所记，第二章是周末时的成段记录，第三章是对以往题目以及来不及展开内容的扩展与深化。第二篇中，原来只有"静夜墨语"一章，将"孤舟载思""莫言行"②提前至此。第三篇中，保留了"古语有言"，结合近期思考，增加了两章由思考味道的章节，先是"价值的生成"，然后是结合以前的一次论述，讨论"现实"问题，即"现实的形成"。

2012 年 9 月 7 日 将"湖上心记"改为"湖上清唱"，将"湖中反思"改为"湖中思源"。

2012 年 9 月 12 日 献给我的父母——特别奉献给母亲六十寿辰

进一步调整目录名称，将"湖上清唱"改为"崖上清唱"，"湖中思源"改为"海中思源"。

第三部分目前写作较少，可能是由于分析不清所致，其中第二篇的"孤舟载思"主要是用文言叙述自己的想法，想到什么就将什么，第三篇整体是想写得完整些的，有逻辑性的，不像以往记录，随意想然后记录，是要有个写作计划与具体提纲的，那么这其中的"古语有言"就是要用文言来系统论述观点，论题不能跳跃太大，要有关联性，观点间也要有联系。第三部分应是全书的重点，内容最多，观点最贴近我目前思想状态。但既然第三部分起名"不断跳跃"，就说明我目前还无法固定下来一段较长时间，来逐步展开，要先确定个具体提纲，然后逐步论述。

2013 年 8 月 7 日 "水中思源"，不光是思故人，还要思意境。

---

① 《从湖到海的涛声》第 216 页。
② 为避免重名，后改为《过客思行》。

我对自己的作品进行分门别类整理,将按照时间顺序写作的诗作再按照条目各按其位,在这个过程中,已经对作品本身进行了又一次思考,希望以后的某个时间,能够对它们进行更进一步的考量。

　　2015 年 1 月 9 日 又开始整理稿子了,仔细端详以前的文字,发现当时只记月日的段落竟然是 2011 年了,到现在已到了第 5 个年头,而且还在延续。发现近一两年记录的东西明显少了许多,心境不一样了,俗事尽惹诗情,少了许多慨叹,逐渐开始认了。

　　2015 年 1 月 13 日 对第三部分做了目录调整,第一篇"远古回声",将"古语有言"作为第一章,第三篇名称由"追寻理念"改为"追寻之旅",将其中一直没有动一个字的第二部分"价值的生成"以及第三部分"现实的形成",改动为论述有限的体系以及关于有限的论述的文字,这是很长一段时间来自己感受与思想的终结,心碎了,才看到硬邦邦的现实块。

　　将原来计划单独成文的两个未完成的文字,融入这个集子,"飞鸟集"曾幻想自己变成一只鸟,飞过城市的大街小巷,遇到各色动物,但当时变化未纯,竟然折翼未动至今,干脆将这段思想感受作为标本,放到这个大杂烩中。"思想集"里本来要模仿斯宾诺莎"伦理学"的写法,将当时对"有限"的思考串成体系,可惜那时的初衷是"摆脱有限",不知是否是目标错误,反正自那时动笔后竟也搁置一年有余,现在心境已变,题目也变了。

　　2015 年 12 月 16 日 前一段时期想到在书面上加上三句话:一个理科博士的人文探索,一个书呆子的人世打磨,一个屌丝青年的逆袭之歌,约略如此。还给自己起了个笔名,悟介行,与真名同音,字,山帆,至于号,就以后再起了。

丙申年乙亥月
天津滨海响螺湾

第一部分　电光火石

第一篇　激动之火

第一章　壮观宏景

观秋波

昨夜又冷雨，拍打古木簌簌。
清流在激荡，洗尽两岸繁华。
人生太苦短，何必思朝暮。
纵是水中浪，亦应逐洪涛。

2011 年 10 月 24 日

踏冰行

皎月当空，红云若隐。
曙光初现，清风拂面。
大河已稠，波澜不兴。
叹彼人流，生生不息。

坚冰纵结,先贤破之。

2011 年 11 月 21 日

醉山河

东风送暖众生萌,西川入海千里奋。
山河一望万里醉,北土煮月南国水。

2011 年 12 月 13 日

上海金融中心观景

004
　　谁人不向高,
　　三岁孩童已知耻,
　　衣锦还乡白发情。
　　奈何世事艰,
　　几分痴狂化为酒,
　　孤叟独走野黄坡。
　　今朝平步起,
　　一览众塔小,
　　众生芸芸忙奔波。
　　与其叹时运,多学泰山石。
　　置身于伟业,一身托千仞。

2011 年 12 月 25 日

独立迎风

九江入海起宏图，蛟龙腾空驱雾霭。
谁自独立迎东风，万千幻化过赤心。

此文转日又做，略有变化：
一江入海起宏图，蛟龙腾空吐明珠。
星河灿烂耀北国，运势集聚创未来。

2012 年 1 月 18 日

狂风再起

狂风再起，拍打花红柳绿。
惊涛啸啸，卷起清水碧波。
呼声咧咧，锤镇莺歌燕舞。
举目四望，天地重返清澈。
侧耳聆听，世间正气归一。

2012 年 5 月 16 日

初到蓟县有感

久在平地走，不曾见高峰。
空渡凌云志，未闻真知道。
山边农家乐，此地存真情。
虚高使不得，埋头抚劲松。

2012 年 7 月 5 日

暴雨来袭

久在江边走，未曾识海潮。
风和日渐平，事稀业早疏。
今朝有暴雨，横扫九万里。
拍打衰与败，涌动激与情。

2012 年 7 月 26 日

雨中奉化桥感兴

长啸一声惊天雨，唏嘘再叹震地雷。
龙出深潭游天下，虎上高岗傲世间。

2012 年 8 月 1 日

山帆

划过天迹的帆，影在江中摇曳，
矗立千年的山，心已江底沉坠。
光秃的石，早被岁月打旧，
追风的梦，还在抚松轻诉。
狂风啊，让帆掠过面颊，
怒涛啊，让山奔腾远去。

2012 年 8 月 7 日

大河有清浊

大河有清浊，惊涛复静波。
开心向天歌，荣辱奔流过。

2012 年 9 月 12 日

晨涛

狂风暴雨后，金光耀清波。
和畅达于中，潜蕴弄天潮。

2012 年 9 月 26 日

晨兴

江山多英豪，雄才我辈出。
大江东流去，当涌弄天潮。

2012 年 10 月 17 日

滨海之秋

又是秋高气爽
好一个艳阳

放眼望,千里腾翔
走在繁华的中央大道
大厦高耸
机车轰隆
岁月青葱,及时建功
清风颂,豪情不老
哼起海边的歌谣
携战友,再去听涛

2012 年秋

无题两则

（1）

风云突变天雷惊,乾坤动移地火急。
打散雾霾九万里,扬起净土江山定。

（2）

我去东海观古迹,不见仙人只听音。
扬起巨浪拍巨石,虎踞高岗啸鲸鲵。

2013 年 2 月 28 日

雨夜初寐独醒随发

天下风云出我辈,一世人生当惊雷。
也曾笑谈旧国垒,任随后人空论杯。

2013 年 4 月 19 日

星入大荒流

星入大荒流，风随地火歇。
雷摧残阳斜，雨似冷刀血。

2013 年 5 月 3 日

踏海行

万丈波涛吞云怒，千斤巨鲨惊如兔。
天地混一坚似注，寰宇颓倾不复古。
蓬莱仙境虽不远，真人岂会守岛孤。
踏海前行寻出路，气定神闲歌当舞。

2013 年 5 月 29 日

暴雨过后漫步随感

疾风骤雨猛如注，意气豪情与之来。
东海有颗不老珠，当擒巨蟒献所爱。
人生苦短空留书，天狼高悬东坡殆。
雨过天晴谁忆云，荷漾平湖浅过台。

2013 年 7 月 5 日

咏太阳

当银白的月亮，还在抱怨，
自己不够漂亮，
当星星在角落里，躲躲闪闪，
怀着老朽的心，
只有你，太阳，
孤悬于天，普照自然，
没有怨言，也不自艾，
你是无尽的光源，你是终极的力量，
万物因你成长，生灵由你抚养，
我歌颂你，太阳，
无尽的光源，终极的力量。

2013 年 8 月 6 日

北国初冬

秋风已过，萧瑟依然。
北国初冬，冷晨劲爽。
黄叶纷落，青松挺拔。
尤喜花丛，笑对淡阳。

2014 年 11 月 11 日

风之歌

我要将你歌唱
天地间的风

那一片云
从远方飘来
抹去心中的尘
带走俗世无奈
天上的风
寻不到你的影踪
我凝望天空
只见云在飘动

那一块石
曾在海中沉浸
看淡了浮沉
习惯了平实
人世的风
打磨你的英容
我抚摸清痕
听到石的欢动

2015 年 6 月 25 日

第二章　奇巧小品

英桐

双球悬空响叮铛,叶随风动感扑簌。
遥想当年开合时,混沌过后精灵生。
二龙戏珠九天上,闹海哪吒出东海。
英气散尽藏坚果,相犀双子自摇摆。
心与相通铃声震,俗世常人几得闻。

2011 年 9 月 24 日

夜荷

一抹黑向你袭来,压不垮你的挺拔。
肃杀的风响起,恰催熟你坚硬的果实。
湖边的笙歌飘来,你依然在深处坚守。
我怎样靠近你呢,夜荷?
真希望变成晨露,与你一起迎接清新的朝阳。

2011 年 9 月 24 日

春日小草

高楼边小草,未随寒风倒。
春天来到早,伴蝶舞苗条。

2012 年 3 月 7 日

晨过奉化桥见小鸭泛波上游

纵波江上游,一隐一浮头。
水暖玉堤美,云蓝金鲤肥。

2012 年 2 月 27 日

"滨海一号"办会间隙有感

难得有清净,小亭春水边。
忙闲无泾渭,抑扬随波流。

2012 年 4 月 14 日

小亭边有感

吾心何悠悠,共此水荡漾。
画壁叙往事,此情书今朝。

汉家三百年,唐亦开盛世。
风云既已去,痴心化为水。

2012 年 4 月 14 日

墙后桃花

墙后桃花无人赏,薄命红颜几人识。
奈何满枝红与白,将随冷雨转入泥。

2012 年 4 月 14 日

晚游新港公园见一水中顽石

圆背微露隐水面,青紫常定翠波荡。
锦鲤总与荷花伴,寂寞铸成石一块。

2013 年 5 月 15 日

雨后落英遍地

曾经玉叶捻碎银,莫怨东风雨无情。
世间长短任评议,花看精神香在心。

2013 年 5 月 28 日

冰花

晶莹剔透本天然，欲留大美在人间。
虽是芬芳传千里，不耐风雨不经霜。
花容憔悴尘不掸，落叶缤纷随风展。
风云突变九天暗，世态炎凉大地寒。
从此一颗冰玉心，风随我动写春华。

2013 年 8 月 23 日

青苗

郁郁青苗，肆意于野。
清风抚我，润雨施行。
旭阳在高，厚土深根。
鸣蝉翠鸟，莫扰吾思。
情非独有，天地孤灵。

2014 年 4 月 28 日

观海鸟停驻春冰

薄冰几缕
恰海鸥停驻
红蹄白雪
问疾驰何图
世间有我

存丹心悠悠
世间无我
灭烦恼忧愁

2016 年 2 月 4 日

霜结于外

霜结于外
碍我双目
途中风景
闭无所见
徒劳擦拭
亦不得现
目沉于心
鼻随菡萏

2016 年 10 月 17 日

第三章　水中弯月

七夕雨

细雨急急下人间,小荷轻轻摇流云。
雨融碧水无痕迹,泪散鹊桥难相隔。
都说七夕应过雨,爱尔深切感动天。
今朝又是相聚时,好自珍爱心永依。

2011 年 8 月 6 日

重阳节夜有感

重阳应登高,清气山上鲜。
一望去忧愁,再望烦恼无。
平地走疲马,攀高难指期。
暂且泉边歇,把茶听水鸣。

2011 年 10 月 5 日

秋夜荷塘

一池繁华尽去,盛夏难挽沉秋。
晚风愈加清凉,娇叶无奈泛黄。
幸而莲子已采,恨煞相戏蛮鱼。
碧水荷花是景,秋夜荷塘亦美。

2011 年 10 月 7 日

感阴秋

才过夏荣未几时,无何风动起寒凉。
更堪阴云连蔽日,沉雾落魄遮前程。
常念春华结秋实,长衫在身好暖阳。
四季冷暖总变迁,行走天地应开怀。

2011 年 10 月 9 日

沉雾

昨夜风雨过清明,雾气沉沦难见日。
非是寸心本无情,举目四望总沧桑。

2011 年 10 月 12 日

深秋游西湖有感

镜湖深秋难分天,碧澄垂香绿联荫。
摘得楼外皓明月,把酒对歌醉古今。

2011 年 11 月 12 日

清澄于斯

柔情似月总云遮风扰,秋景如水与天依海联。

2011 年 11 月 12 日

秋后雨

斜雨潇潇黄叶簌,沉雾漫漫青伞罩。
秋后又是清冷天,不几厚衣遮四体。
暖时轻裘好轻盈,春花烂漫草中行。
阶下已是水和泥,台上静看风打雨。

2011 年 11 月 17 日

直沽桥下

天地清澈北风过,时进藏冬大河住。

叹彼人流步影繁，直沽桥下水一方。

2011 年 12 月 22 日

滨海天蓝

那一片海，在心中激荡已久；
那一抹蓝，天与海在汗水中融化了分界。
我呼吸着你，清冷的北风吹醒青春的迷茫；
我凝视着你，耀眼的蓝冲破平凡的空白；
我再也不愿等待了，片刻也不，
跨进你的蓝，
燃起你的情，
擎起你的蓝，
天与海，我与你，
在湛蓝中舞蹈，
在深蓝中沉醉。

2011 年 12 月 28 日

夜过水上

江山一笑，化荣华为云。
山水朦胧，销金戈成雨。
岁月苦短，生死一念间。
繁华尽去，独春水凝驻。

2012 年 1 月 7 日

初六晚跑步过梅江公园

孤亭独守冬水,一鸿清澈如斯。
昔日繁华尽褪,天地只留相依。

2012 年 1 月 28 日

贺 岁 诗

春来百花待烂漫,冬去白雪蕴机发。
兔走平原献福瑞,龙腾九天吐明珠。

2012 年 1 月 19 日

夜过奉化桥两则

(1)
白鸽曾翔集浅波,薄冰才破连冷滩。
常道寒风无几过,奈何今冬别样长。
(2)
金波嶙峋暮灯照,夕阳早沉近春分。
再过浮桥多感慨,冰水相连野鸭渡。

2012 年 2 月 24 日

初春夜过马蹄湖

坚冰初化融，半湖清冷水。
纵是今冬长，一样迎春笑。

2012 年 3 月 7 日

早春雨后江画

粉尘过宏流，一步一摇曳。
轻舟江上斜，几鱼伴孤影。

2012 年 3 月 16 日

早在天津南站后广场

一潭清净水，远在墨画边。
若要感其地，观鱼柳影中。

2012 年 3 月 22 日

感时

桃红柳绿水清灵，风和日丽人怡然。
冬去春来又一年，山高水短时随迁。

否极泰来是一说,盛极而衰复常理。
福藏祸显持平心,寻真悟道在自我。

2012 年 4 月 9 日

春夜与涛涛漫步有感

又是一年春色好,烂漫无际绿无边。
错把红杏做桃花,粉黛深处一点墨。

2012 年 4 月 22 日

初夏夜过南开马蹄湖

又是一夏荷渐开,绿波垂柳蛙鸣欢。
非是心老无意赏,岁月催人花岂知?

2012 年 5 月 27 日

云月

云是淡墨宜,随性与风起。
月总圆缺替,空使影自移。
岁月莫弹指,悲欢终归一。
静处风云里,赏月在涟漪。

2012 年 9 月 27 日

夜驻湖中小亭

秋雨骤兴打细波，金枝婆娑挂香桃。
才过佳节月无踪，忙煞静湖邀云薄。

2012 年 10 月 4 日

秋荷塘

满池荷塘又老，独垂莲叶无藕。
可怜柳绿未了，夜深谁共解愁。

　2012 年 10 月 20 日

半月

月是团圆好，众人皆称道。
凡世多缺憾，情亦难耐老。
蝉兔去无踪，半月挂天稍。
举灯依青松，且读兴衰书。

2012 年 10 月 21 日

晚秋有感

赤红黄绿青蓝紫，欲把天地染我心。
秋风起兮养神思，四海环游千万里。

2012 年 10 月 23 日

秋日校园

小树下，校舍边，
我们肩并着肩，
你靠着我，我倚着你，
秋意正兴，黄叶飞起，要偷听浓浓的细语。

远处的雕像，依然挺拔，
湖畔的书声，变换了音调，
走在当年的校园，抚摸逝去年华，
多想在此驻足，凝视永远的青春。

2012 年 10 月 27 日

早寒

寒风三日早，冷雨秋未到。
可怜花与草，无有厚衣袍。

2012 年 11 月 5 日

深秋随想

最是秋雨无情,冷风似寒冰。
昨日雁栖前庭,红花颤青枝。
青春烂漫无时,非要逐蜻蜓。
悔未随雁远行,飘落千万里。
雨打叶落无几,寒风暖冷心。

2012 年 11 月 10 日

冬寒

小桥流水烂漫,春花秋月无涯。
西风又过寒山,肃然遥忆当年。

2012 年 11 月 28 日

晨雪

微霜撒津沽,白雪覆海空。
春驻一江冬,鱼戏凝练中。

2012 年 12 月 11 日

新雪杂感

飞雪迷人睛,乱花醉心情。
走马上前程,山外天地清。

2013 年 1 月 8 日

三月晚感

春花烂漫三月,微风低拂青柳。
我心似水东流,情思起伏难休。

2013 年 3 月 16 日

春时漫步随感

欲将春华永留存,长街漫步常驻足。
春花不理行人意,无限生机怎入图。

2013 年 4 月 19 日

浪淘沙 春日江边漫步随感

冷眼看东风,难忘从容。粉桃嫩柳江水东,
仍是当年踏春处,孤影相从。

世事何匆匆,忧烦无穷。去年咏春吟未成,
可惜今年花更红,心已难同。

2014 年 3 月 18 日

文化中心湖边漫步①

七八条鱼向东,两三支雁飞虹。
青云秋来一季,唯留小园孤桐。

2014 年夏秋

江水如绸

028

江水如绸,难解吾忧。
闲云似油,无奈层楼。
目垂天野,总是多愁。
清思悠悠,兴衰品游。

2014 年 10 月 21 日

蝶恋花 晨冬感兴②

我欲飘扬风不许。冷秋处肃,一夜凋碧树。

―――――――

① 作于 2014 年夏秋之际,彼时在图书馆逶巡日久,午后暖阳当头,常喜湖
边漫步观鱼。
② 作于 2014 年 12 月 3 日晨,漫步过直沽桥,见冬水萧瑟,涌前不复,恰风
过云清,心体冷肃。

满山黄叶乱飞舞,谁意顽石守归路。

一江冬水难系住。无奈残绿,柔情转成怒。

纵是娥眉春不复,几枝冰雪空惹妒。

2014 年 12 月 3 日

寄春之语

(1)

春回大地,万物芳宁。

冬虽未已,萌动此情。

目含八极,春藏微细。

循环四季,春当终始。

荣枯一世,笑在寸心。

(2)

下马望南山,不觉西风冷。

问君秋几何,却道春依然。

2015 年 2 月 6 日

春时夜雪

细雨纷纷零落下,冬雪皑皑春时来。

斜月孤挂枯枝狭,冷风心头迷天涯。

2015 年 2 月 21 日

春日散游人民公园

莫道花开早,如今已是三月天。
绿杨红粉香扑面,更喜莺声不断。
残冬积雪孕丰年,厚博已现。

2015 年 3 月 20 日

江雨

心如浪涌,日月奔东。
既静且默,常怀虚空。
风起云动,雨过浮萍。
小桥独倚,目达天际。
此情难语,歌以咏志。

2015 年 6 月 4 日

雨多情

独倚窗棱,雷电交加,唯诗以抒怀,闷烦去远。
无聊浪荡人,折柳化醇酒,春帆望雪松。
侬说汝何真,痴心若流水,桃红已随风。

2015 年 7 月 29 日

雨中漫步

一把破伞,两支漏鞋,再携浊酒一盏,
行走天下,
看尽世间痴痴笑笑,
游尽江湖,
听惯城头旗角变换。
一曲古琴,两声翠笛,又伴雷鸣电闪,
过客一人,
只随悠悠白云一片,
欲留欢笑,
尽将痴痴烦忧驱散。

2015 年 8 月 31 日

早秋桥头

清江河上清江水,清风渡口清风嘴。
渔人打鱼小舟曳,浪打心头心似醉。

2015 年 9 月 25 日

秋风晴

天涯孤客在层楼,看尽世间爱恨愁。
问君情到何时浓,总在雨打风吹后。

2015 年 10 月 8 日

滨海初秋

清风依旧在，白云浮碧海。
问君何所叹，鹰击长空狭。

2015 年 10 月 10 日

晚江漫步

晚过梅江公园湖边归家。
常恨天黑早，无暇赏芳草。
明月清风照，一湖映寂寥。

032

2015 年 10 月 26 日

梦与晨行

我在春风行走
战马
已被群象吃掉
疲乏
让他成为废骨
柳絮
飞舞
占据了街道
迷住了人眼
桃花

发情完毕

正在凋谢

哦

现在是

白毛时节

2016 年 4 月 14 日

第二篇　感动之光

第一章　个性人物

看夏花有感

花开四季是百花，十年轮回看众生。
一枝难耐秋风打，孤影奈何白发生。
盛衰是理天道在，运转随律宇宙动。
可怜花开无几日，再见时难枯枝颤。

2011 年 8 月 13 日

疲惫的人

　　他拖着弯弯的身体，行走在无人的大街上，昏暗的路灯照不出他的身材，虽然原是挺拔，但现在已经蜷缩成了一个圆点。默默叹息着，夜晚的凉风却不愿听他的叨念，胡乱吹打着散乱的灰发。他苍白的双手放在长腿的两侧，像两条井绳一样无力地但又不得不被拽掖着,那双手曾想拥抱太多事物,可现在却是这样耷拉着,连抚正发梢的力气都没有了。那头原本乌黑的头发已经失去了光泽,罩在木然的头上,那些原本令人热血沸腾的想法与灵光一现的激情都逝去了,他就这样双眼直勾勾地低垂着向远处走去,消失在愈加黑暗的街角。

2011 年 8 月 30 日

过南开军训场诗作两首

两虎相争勇者胜,两连对练赛奇技。
一队号曰十三连,势冲云端啸九天。
二队番号十四连,已有锐意无双志。
双龙齐欲争第一,同心同德震敌胆。

红旗狂卷风沙扬,点将台前健儿起。
壮志豪情丧敌胆,铁臂金甲耀乾坤。
参天之树养于基,百年伟才涵正气。
和风日久煦日暖,几分英气振人间。

2011 年 9 月 11 日

秋雨独钓叟

一任风雨多萧瑟,残叶无声暗飘零。
无何繁时难驻颜,蓑衣独钓冷水畔。

2011 年 9 月 28 日

又遇麒麟

虎踞龙蟠化麒麟，傲然英姿立世间。
只因仙人未点化，红布遮睛藏精神。

2011 年 9 月 30 日

桥上钓鱼人

两三条鱼在游，三五汉子挥竿。
一竿钓起大胖头，再挥捕得活带鱼。
昔日太公平心待贤主，风雨孤舟思天下。
若非此等情意至，何怨鱼儿弃饵去。

036

2011 年 10 月 8 日

夜晚的独舞者

扭动着身躯，挥舞着双臂，
光滑的肌肤滑过阴沉的夜。
你在为谁而舞呢？
沉寂的空气已然睡去，
宣泄的声符早已褪去。
就让内心的精灵跳动吧，
她太需要自由的舞蹈。
不用管什么节律，也不需要附和的跟随，
夜晚的独舞者啊，你与心起舞！

2011 年 10 月 15 日

赞学子

窗外繁华尽撒,孤坐冷室一隅。
人生难耐寂寞,何不神游穷理。

2011 年 10 月 23 日

伞

我撑着你,你伴着我,
在淡淡的草香间缓行。
细雨婆娑,清风缠绵,
而你还撅起小嘴说,
这还不够浪漫,
于是哼起甜美的歌。
一丝哀愁滑过你柔嫩的脸庞,
哦,你还担心什么哪,
纵是暖阳再起,
我也要把你抓紧,一起享受光明的沐浴。

2011 年 11 月 17 日

晚见还迁房边健美队

园外奋勇嘶声啸,区内欢歌健美舞。
为担国策昼夜倒,百姓和乐终露笑。

2012 年 2 月 7 日

037

观《北京爱情故事》有感

当年年少总轻狂，未上高台先说愁。
秋风一起吟雪赋，桃蕾微开发春癫。
怎奈世事多炎凉，人间变迁寸心结。
一曲离愁伴憔悴，轻歌寂寞唱痴人。

2012 年 4 月 8 日

痴人

痴人说梦话，情真意切切。
路人谈它事，笑浅眼离离。
宁做痴心子，为伊多憔悴。
吾心可明鉴，弦断当曲结。

2012 年 4 月 8 日

农民工凉亭午睡

天圆亭更圆，地方心亦方。
四体平躺时，神游千古间。
管他帝与相，全赴黄泉下。
何如此三月，香音伴君侧。

2012 年 4 月 26 日

038

蝴蝶花

彩蝶成双黄与蓝,每时相依复相伴。
生时舞天弄潮流,化作尘土迎风展。

2012 年 5 月 2 日

素粥

素粥一碗,滋味全无。
菜根无望,五味归中。
既困且乏,何谈其它。
畅饮此杯,好上前途。

2012 年 5 月 7 日

光脚舞动的女孩

沉重,一切变得太沉重。
臃肿,身体早已经麻木。
坠落,石头般滚下黑幕。
约束,只是自设的束缚。
光束,陪我一起来跳动。
痛楚,欢跳需要你加速。
冷漠,快来在深处跳舞。

2012 年 8 月 3 日

佳木

秋风起矣,肃杀万物。
唯此佳木,独矗厚土。
干虽实矣,枝叶已稀。
鹊鸟不栖,佳音无期。
走兽其间,鬼嚎形现。
果已熟矣,足以润世。
叮咚坠落,乐得衰败。
岁月迁移,谁可奈何。
取之于天,还之于地。

2012 年 7 月 27 日

蜻蜓

蜻蜓,蜻蜓,婀娜身亭。
日兴,日兴,遨游天庭。
雨行,雨行,青枝列停。
羽灵,羽灵,不入屋庭,不舍风听。

2012 年 8 月 1 日

农民工

汗水早已凝固,
皱褶将世间渗透,
我曾劳动,

我在劳动。
学说总是空洞，
历朝历代都是人后的幕，
我只有劳动。

2012 年 8 月 5 日

青果

本是无名草，非欲处高台。
青果无人采，野猫受牢骚。

2012 年 10 月 10 日

浮萍(2012 年 10 月 10 日)

天降一翠萍，婀娜俏身姿。
堪比古西施，羡煞东家子。
可怜未盘营，雨打叶浮起。
风吹浪中际，飘零一孤影。

2012 年 10 月 10 日

晚秋有感(2012 年 11 月 23 日)

赤红黄绿青蓝紫，欲把天地染我心。
春夏秋冬寒与暑，要留炫彩在丹青。

2012 年 11 月 23 日

清洁老翁

落英凄凄,黄叶遍地。
白雪把玩,残冰难行。
七旬老翁,鹤发童颜。
侧身松畔,伫立松间。
赤手拾叶,还美人寰。
大道既清,歌咏方兴。

2012 年 12 月 19 日

观赏鱼

042

曾共听海涛,起伏都随潮。
君与清水老,对视相倾倒。

2012 年 11 月 11 日

湖边松

花开花落已过,莺声燕语无算。
春花秋月如昨,莽然已如冬寒。
低吟藕莲不在,轻语垂柳无言。
寂寞源自本我,守真正对变迁。

2012 年 12 月 1 日

冬日靓彩

掐指一算，已到 2012 年末，
阴干，肃寒，
灰蒙的天，沉重的袄。
一抹亮彩，飘入眼眶，
惊艳，无双，
心中的火，跳动，飞舞，
两边的树，轻摇，欲醉。
扭头回看，白驹真是飞快。

2012 年 12 月 7 日

清洁工

大帚在手，扫尽天下不净。
俯身拾秽，不惧腥味恶臭。
前途漫漫，正值清气高爽。
大脚无痕，融入风雪人间。

2012 年 12 月 20 日

一江水

（1）
又见一江水，恍然已隔岁。
大河向东流，问君可记谁？

（2）

一洗尘世怨，清浊两分茫。
坚冰何所惧，春水又映天。

2013 年 3 月 7 日

早春青草

不经意间，你露出了头，
在一片衰败之中，在大团大团的枯黄之中，
有那么一点点的，绿，
你匍匐在便道边，似乎在提示着忙碌的脚步，
在一片衰败之中，在大团大团的枯黄之中，
春天，来了。

2013 年 3 月 11 日

致城市小品们

庭柱上的青藤，攀援着城市的脚步，
你在看什么，哪里还有远山的影。
池塘中的石头，赤裸着身躯拥挤在一起，
你在等什么，管道中的液体曾把铁化融。
停车场边的矮木，稀释着空气中的 PM 2.5，
你在想什么，哪里还有绿水青山？

2013 年 3 月 11 日

湖边少女

桃红从中绿柳颤,白衣少女拎花伞。
最是含羞多情燕,轻吻湖水扬暗香。

2013 年 5 月 2 日

缝纫女工和狗

下垂的乳房,瘦小的狗,
低矮的房子,只有滴答,滴答,
这不是时钟的声响,
奢侈的摆设,毫无用处。
滴答,滴答,
这是欲望的催促,哪分黑夜白昼,
一叠叠的衣服,一针针地缝线,
时光已然颠倒,岁月依旧偏袒,
美丽的面庞,枯萎的手,
高挑的身姿,佝偻的背。
滴答,滴答,
只有瘦小的狗,一起相伴,
肥硕的藏獒,洋气的牧羊犬,
哪能耐住,
滴答,滴答。

2013 年 5 月 31 日

公园晚健身

整日辛苦多操劳，唯盼天气晴又好。
歌声起处夕阳照，舞动身姿与风摇。

2013 年 5 月 27 日

柳下少女

柳下对镜闲梳妆，清风拂鬓粉红妆。
海鸟疾驰生计忙，唯有痴蝶为花狂。

2013 年 6 月 13 日

夏天

都说春天美如花，秋日丰收冬时藏。
盛夏骄阳红似火，愁闷是道苦为汗。
理在当下岁月迁，身陷一隅见识短。
若把四季比人生，七月蓬勃正青年。

2013 年 8 月 7 日

扫帚

长街本是花芬芳，无奈浮沉蔽香颜。
安得大帚千万把，扫尽污秽现青天。

2013 年 10 月 24 日

乌鸟

晨起候车，见碧空之上，淡云之边，群鸟载飞，不由感兴。

乌鸟东来
绕树三匝
风朗云淡
天地为家
若欲疾翔
双羽是展
顺风而动
乘势舒滑
以露润喉
唉日精华
幸哉乌鸟
高仰尔瞻

2015 年 2 月 11 日

桃红

细雨微打梨花枝,旭阳疏照嫩柳丝。
自古多情分时节,总在桃红欲笑时。

2015 年 4 月 3 日

铅笔

一物生来无所长,唯有真情硬心肠。
绘得江山八万里,青史诗书美名芳。

2015 年 4 月 17 日

小荷

你
就在那里
开放

六月的雨
打碎迷离的脚步
小鸟的啼鸣
唤回凌乱的心

芦苇边
池塘中

你
就在那里
开放

2015 年 6 月 4 日

塔架

那巨大的塔架
摆出怪异的几何曲线
划破城市的天空
搅动迷离的眼

真担心那云
失去闲致的界限
几只无知的鸟
不要撞碎血肉臂膀

我走在塔架下
努力挣扎
可如何也不能
脱离黑沉的影

2015 年 6 月 4 日

有一个人

有一个人
我一直思念
多年以后

仍在梦中相见
假如
当初
不是年少轻狂
也许
现在
已是快乐相伴

2015 年 7 月 1 日

一棵树的教悟

我在树下发呆
无聊等待
车的到来
恍然之间
似乎听见
树的诉言

2015 年 7 月 9 日晨

美丽的姑娘

美丽的姑娘
虽然已然
远隔天涯
我只希望
时光
远离你的面庞
那飘逸的长发

还能掠过
夕阳下的校园
湖畔
你我相拥
看那时光
流过

2015 年 7 月 11 日

感开发区"扬帆远航"标志

天那么高
看不到头
脚踩着地
低垂着头
前进 前进
纵是风浪再高
也挡不住跳动的心
坚持 坚持
让我们创造奇迹

2015 年 7 月 14 日

制服保安

你痴痴的站在那里
望着夕阳
面前的车来来往往
兜下城市繁华
背后的楼高大辉煌

遮不住迷茫身影
身上的制服笔挺溜滑
汗水乖乖渗在里边

2015 年 7 月 14 日

逆行英雄

义无反顾
踏上救难之路
火焰
吞噬着焦土
人们四散奔逃
恐惧
弥漫
人民
需要英雄
苦难
你们铁肩扛负

2015 年 8 月 13 日

口罩

婀娜的身姿
美妙的身影
可是
却看不到你
谜一样的面容
口罩

大大小小的口罩
粉色的
花格的
还有猪嘴形状的
灰蒙蒙的城市
连天的口罩
阻挡住呼吸
也遮蔽了
明亮的心

2015 年 8 月 20 日

青春影像

我们站在一起
欢笑
歌唱
对着镜头大声地喊
我们来了

2015 年 9 月 8 日

吃午饭去的农民工

咸菜
窝头
白菜汤
丰盛的午餐
款待劳碌的身躯

奔驰
宝马
法拉利
你蹬着破车
疾驰在城市之中

公寓
豪宅
大别墅
层层的高楼
阻断你思家的梦

2015 年 10 月 23 日

倩影

你渐行渐远
长发飘扬
裙角飞荡
匆匆
余香
也已难寻

2015 年 10 月 23 日

建筑女工

深秋
阳光中
闪过一道

桔红
就是
枫叶那样的
红
那么灿烂
如此亮丽
陶醉中
你已匆匆
走远
只留下
劳动者的
芬芳

2015 年 10 月 29 日

一杯热水

我曾羡慕
大江大河
波澜壮阔
气概万千
内有蛟龙出没
见头无尾
神机莫测
大风由之而起
扶摇直上
横扫尘埃千里

可我现在
只想化作
一杯热水
温暖冻疮的双手

滋润干涸的嘴唇
就着干瘪的馒头
和着苦涩的咸菜
化作一丝热量
只一丝
温暖街角的你

2015 年 11 月 5 日

橱窗边的工人

你斜靠在窗口
就着里面的灯光
盯着手机屏幕
橱窗里的家具
檀木桌子
皮革坐垫
跟你
没有丝毫关系
只有那一缕白炽光
打在粗糙的手上

城市的风
可以吹散明晃晃的车灯
却掸不掉破旧大衣上的尘土
早早挂起的红字结
给不了你想要的光
你斜靠着橱窗
盯着小小的手机屏
那里
有故乡
亲人

美丽的故事

2015 年 12 月 16 日

破冰船

中午在彩带公园边漫步。
你来了
轰鸣中
一闪而过
长剑
劈开坚冰
整个河流
都为你颤动

来不及　　　　　　　　　　　　　　　　　057
看清你的面目
人们只得把眼光
投向停泊的船
亮丽的身躯
映着白雪浮冰
还有那金色的名字
寄托着人们
多少美好的
憧憬

2016 年 1 月 28 日午

保安

一身不变的制服

表情一贯的严肃
你从地下室走出
指挥着奔驰宝马
不论风霜雪雨
亦或炎凉变迁
你只需
看清车来人去
守护好
一方平安

2016 年 3 月 3 日

一个人哭泣

你独自哭泣
深夜里
无人理会
繁华已被落日抛弃
爱恨随孤夜化成风
只有炫目的灯
还在消耗过剩的精力
而你
只想一个人哭泣
不要问原因
也无需解释
你只想找个地方
大哭一场

2016 年 4 月 20 日

梧桐树下

春暮
清晨细雨
划过平静的湖
初夏的风
带来几抹秋云
雨疾如注
梧桐叶
经过冬的孕育
恰为这路人
遮风挡雨

2016 年 5 月 5 日

凉亭

多少次
我步履匆匆
与你相遇
却不曾停驻

期许
又已成空
你的美
伴着风中花影
隐在绿荫深处

疾雨

不期而至
欢鸣中
狼狈的我
穿过熟悉的路
奔向
守候的你

2016 年 6 月 22 日

第二章 心动事件

去申报课题的路上

　　在去申报课题的路上，还有四十分钟就是规定的最后截止期限了。几天来的连续紧张准备让我无法再在车上合眼休息。突然想到这时的途中过程真是多余，是对时间的浪费。所以对于做事情的人讲，前期是做事，后期是验证实效。这期间的过程越短越好的。我已不再沉溺在途中了，窗外的景色只是点缀而已。

2011 年 8 月 10 日

由错过想起

　　又错过了。刚才在短时间内为了赶火车经历了放松、焦急、侥幸、期冀、狂奔、恰好错过、再到侥幸的过程，时间真是不等人！

　　对于固定的期限我们只能改变自己，压缩其它事情甚至是休息时间以服从规定。可若人人都随心所欲地去做共同规定的事情，会增加很多公共运营成本的。灵活性由更高的科技与管理水平、更丰裕的物质产出为支撑。个人的自由以生产与制度建设为平台。世外桃源式的松散是最初级的，是动物与野人的状态，在现代社会只有回顾与重新再体验的些许用处。

2011 年 9 月 2 日

三味时间集

赞行走

汗牛走大地，双足行天下。
慢可品花开，缓观落叶颤。
何必停车望，人亦是景中。
兴起手足舞，心动总吟咏。

2011 年 10 月 8 日

雨走孤桥

大河奔腾兮归去，波涛澎湃兮如虹。
风雨飘摇兮行走孤桥，天地苍茫兮吾心忧焦。
日月穿梭兮风华已逝，雨打浮萍兮落花随流。

2011 年 10 月 13 日

再过

事移时过境已迁，人是物非景依然。
再过赤壁想当年，徒剩唏嘘衣襟颤。

2011 年 10 月 20 日

追赶

　　我追赶着末班车的开动,时钟快速地流过最后的期限。收拾完最后的工作,仓惶上路,脚步越加急促,心跳不断加快,希望却愈加渺茫,无奈伴我停留在空荡的站台。

2011 年 11 月 4 日

秋雨纱遮头

一袭轻衣风雨行,薄纱遮头任天淋。
常叹深秋仍不寒,冷风冷雨还唏嘘。

2011 年 11 月 18 日

行走在冬日的暖阳里

行走在冬日的暖阳里,
厚厚的衣服挡住清冷的风,却包不住火热的心,
松开领口,摘下棉帽,享受这午后时光。
一切这样忙碌,即使在这冬眠的日子,
何必如此紧绷呢,
逝者不可追,来者还有时,
高处众矢的,贫贱好为伍,
缓移碎步,行走在俗世众生中。

2011 年 12 月 9 日

风打尘

无缘风打落魄尘,一为轻盈一重沉。
深业皆除随性逐,贪念稍起总匍匐。

2011 年 12 月 21 日

早春雪

早春覆雪,深冬迟走。速晚无常,幻化有道。
叹彼寰宇,孤影独酌。身在此地,心则漾然。
感冷知暖,寻真悟理。时随境迁,徒多慨慷。
关注于道,无意生老。
今有美景,把雪杯盘。天予地敬,必当醉还。

2012 年 3 月 18 日

有感作诗

心思遇波澜,此景旧相识。
才得诗三首,乾坤方寸间。

2012 年 4 月 14 日

五一假期从天津图书馆归来有感

今有诗书三千卷,左持古谱右打棋。
按图索骥影全无,纵身入海谱新曲。

2012 年 4 月 29 日

写在南开大学十年校友聚会前

人生几十年,更堪青春时。
妙龄来相会,奋发离别期。
而立再聚首,嘘寒暂不问。
德声闻到否,功名谁鳌头。
苦煞青头郎,有诗早为鉴。
空掷好岁月,愧对当年盟。

2012 年 6 月 2 日

暗星掠日

爬行,地球引力,外太空压迫。
浸淫,规则命令,关系多世故。
星变,世界末日,全赴空流去。
空灵,内心沉寂,物我全相忘。

2012 年 6 月 6 日

雨过南开有感

荷是今夏荷，雨是当头雨。
小池又过痕，欢喜千年蛙。
时移景随迁，境是古今同。
再待云挂月，和唱清风中。

2012 年 6 月 9 日

一捧土

一捧黄土，植起一颗树，
一丝雨露，浸入一个梦，
幼小的根啊，翻腾，延伸，
就在土中吧，默展，生长。

2012 年 8 月 8 日

老婆腿疼

往古王母垂莲，蜻蜓一点水。
旧时云游李仙，千里仗单腿。
今朝爱妻相伴，艰难何言退，
玉手永相牵 岁月敢为催。

2012 年 10 月 3 日

铺路

一块块砖，一下下锤，
匍匐的身躯，低垂的脸，
不用看天，无暇言谈，
铺路，铺路，
铺一条硬朗的路，
铺一条便民的路。

一块块砖，一下下锤，
凌乱的头发，风干的手，
抚摸大地，心灵相依，
铺路，铺路，
铺一条顺畅的路，
铺一条幸福的路。

一块块砖，一下下锤，
年轻的我们，飞扬的心，
天地之间，共同前进，
铺路，铺路，
铺一条青春的路，
铺一条未来的路。

2012 年 10 月 30 日

跑

跑，快跑，拼命跑，
不顾一切，义无反顾地跑。

追,目标,正前方,
不顾一切,义无反顾地追求。

2012 年 11 月 3 日

女孩快跑

女孩快跑,长发飘飘,
挽起旗袍,香气飞过,
众花纷落。

女孩快跑,不用看表,
时光穿梭,容颜易老,
真难把握。

女孩快跑,前方美好,
没有寂寞,只要欢笑,
快步去跑。

2013 年 3 月 27 日

杂感

翻土,撒种,覆土,过冬。
春塘,种藕,秋塘,挖藕。

2012 年 11 月 24 日

弈

天地有黑白，胜负无定常。
厚薄未得兼，强弱多变迁。

2012 年 11 月 26 日

除冰

除冰，除冰，
路有坚冰，众人难行。
除冰，除冰，
前方覆冰，斯人伊停。
除冰，除冰，
脚踩于冰，双手除冰。

2013 年 1 月 9 日

新年感言

大江东去不复返，飞鸿何必暗自伤。
东去春来又循环，喜看江山换新颜。

2013 年 2 月 11 日

不怿

我心不怿，时光飞逝，
白驹已逸，空手依依。
我心不怿，呆坐连日，
难获锦鲤，空篓依依。
我心不怿，苍穹阴瘾，
不见明星，空目依依。

2013 年 3 月 15 日

重游新港公园

070

赤橙黄绿青蓝紫，又见小桥流水时。
桃红一片杨柳细，迎春笑与白云齐。

2013 年 4 月 10 日

小鸟啄食

小鸟路边轻啄食，行人蹑足复屏息。
无为怎愿累有事，难为湖水总含情。

2013 年 5 月 2 日

新港公园歇凉

星星点点，灵灵闪闪，
雨润湖面起波澜，风吹柳枝轻拂面，
小鱼摆尾腾空起，海鸟无意走沙堤，
万里无际天气朗，安坐长椅听风云。

2013 年 5 月 8 日

漫步校园随感

一席长裙，花格扫过青石台阶，
青春面容，书声荡漾绿柳湖边。
曾经年少，无意轻抚百年古木，
漫步校园，微风吹起世间凡尘，
遥望香荷，一心静处任随春秋。

2013 年 5 月 19 日

细雨漫步见金鲤跃平湖

久在湖中世事晓，常伴荷花数年轮。
寂寞一跃金光耀，不意天低映青云。

2013 年 5 月 27 日

开发区漫步

夕阳斜照映绿原,波涛微兴蕴惊澜。
莫道人生太苦短,移步出井才识天。

2013 年 5 月 28 日

堵车

独行路虽阔,愁闷苦寂寞。
两马一错鞍,相逢知心笑。
路平人缓过,道挤车难躲。
烦躁莫蔽眼,窗外朋友多。

2013 年 8 月 7 日

踏冰

坚冰,坚冰,路有覆冰,
踏冰,踏冰,勇往前行,
倩影,倩影,云过风停,
寸心,寸心,爱汝无息。

2014 年 1 月 6 日

忆王孙 春宴

人生能有几多春,粉桃香槐不忍闻,
长雁声声无处寻,
莫负人,
今朝有酒不闭门。

2014 年 4 月 6 日

浪淘沙 春梦

君道花入风,当赏芳容。
绿杨桃粉香伴钟,佳人携手踏春处,
心忘困穷。
人世短苦匆,古今一同。
一场春梦一场空,三千粉黛今何在,
恨染花红。

2015 年 3 月 27 日

逃离现场^①

我很惭愧
我在

---

① 昨夜晚间,天津海边,发生巨大爆炸,日间来到工作场所,时刻感受到三
个街区外的紧张氛围,作于回市区的班车上。

逃离现场
剧烈的爆炸
炙热的火焰
吞噬了天
震颤着地

空气中
弥漫
焦糊味道
我惊魂不定
不敢直视
三个街区之外
我在
逃离现场

勇气
全无
气概
落空
我只想
拼命逃离
这心痛之地

2015 年 8 月 13 日

我不会思考

我不会思考
尽管经历
死亡
恐惧
人生低谷

美丽的辞藻
遮住了独立头脑
大大的口罩
阻拦了污浊氧气

大地
不再青翠
山水
已被机器撕碎
家国
早被无声侵占

我不会思考
但还会经历
死亡
恐惧
人世疾苦

2015 年 8 月 19 日

大厦将倾

大厦将倾，
谁其扶之。
青天乌地，
野火独炽。
巨龙若隐，
旷海漱神。
众生广济，
臻和共至。

2015 年 8 月 22 日

透过树叶看城市

我透过树叶
看城市
冷风摇曳
却驱散不了雾霾
也打不碎写字楼的灯火

匆匆的白领
骑自行车的建筑工人
咳嗽
烟头
黄色帽壳
搅满了城市的夜

远处的机车轰鸣
掩盖了扑簌声
今夜
没有树叶凋零
雾霾
也不会散去

2015 年 12 月 14 日

我顺流而下

从彩带公园,过安阳桥,到潮音寺。
我顺流而下
而河

已被冻结
冰
大片大片的冰
锁住了一切
沉凝
安静
只有脚步
踏在木板上
咯吱咯吱作响

我走下河堤
来到黄土之上
眼前
已没有路
而我
突然发现
我与河流
已没有界限
一刹
天地间
变得
如此广阔

2016 年 2 月 1 日

观奥运会有感

经历了太久
无奈
忍受了太多
伤痛
我在这一刻

爆发

狂奔
呼啸
山风吹起柔顺的歌
怒涛奏响悦耳的曲
内心
爆裂
焕发出空无的力量
天地之间
只有
狂奔的我

2016 年 8 月 16 日

女排奥运胜巴西

你占尽优势
欢呼的人群
要把我撕碎
庆祝的盛宴
早想把我踢开
似乎这一切
只是过场
人们让我服从
命运的安排
但战鼓已然敲响
高昂的旗帜
燃起内心的火焰
就让你见识
我的力量
奋争

跳跃
扣杀
胜利归属
真正强者
悔恨的泪水
就留给你品尝

2016 年 8 月 17 日

第三章 不期之遇

又见十二铜首

忽见十二铜首,安处水上翠园。
游人谈笑歌语,鲜花送香竞艳。
遥叹故宫①当年,万岁难挽国颓。
何忍列强豪夺,铜首分散天涯。
基业还靠广众,万千成就千秋。

2011 年 8 月 10 日

有感夏日离去

走下颠簸的班车,拖着疲惫的身躯。
伴着回家的人流,来到孤寂的车站。
凉风吹动树叶,发觉暮色已然笼罩。
忆着连日的炙热,想起飘扬的裙角,难忘激扬的畅快。
别了闷闷的夏日,迎接幽思的秋夜。

2011 年 8 月 12 日

———————————

① 故宫:此处是旧时宫殿的意思,特指圆明园。

又遇秋风

人生才几何，多愁何能堪？
斜阳适暖怀，秋风已拂面。
丈夫未立功，岁月过太半。
对天一声叹，轻放芭蕉扇。

2011 年 8 月 24 日

看落花满地有感

青春不会老，烂漫无终了。
花落去烦恼，满枝更是好。

2012 年 4 月 20 日

有感沙尘漫天

黄沙漫天，时难觅前途。
人生苦短，岁月成蹉跎。
暂闭门户，把烛赏兰花。
静思独乐，开怀水墨间。

2012 年 4 月 28 日

随意行诗

古韵悠长,既文且雅。
才子佳人,当期应展。
江山永新,史卷血染。
谁立潮头,怒揽蟒首。
既歌且狂,豪气冲日。
再沐清风,无怨无恨。

2012 年 5 月 10 日

无题

淡看花开,笑对木衰。
独吟冷月,笑迎寒霜。
一江冬水,亦能去尘。

2012 年 7 月 27 日

对联

天人一合
风在兴雨在兴天兴,穷亦好达亦好人好。
雷时有电时有益友,乾是理坤是理合理。

2012 年 10 月 3 日

秋风起

岁岁枯荣任风摇，生生不息根基牢。
青衣虽染黄土貌，仍挽残花听海涛。

2012 年 10 月 9 日

咒骂

三声诅咒，从原本文雅的最中喷出，
一阵丑舞，把人面撕裂成魔鬼的模样。
一块钱的事件，激起物性的反弹，
琐屑的不满，爆发疯狂的愤怒。
谈什么宽仁大度，
随便的痰吐，自贱的身躯，
怎能立于黄天厚土？

2012 年 10 月 24 日

霏雨随感

细雨又起，默默吹打着脸。
又是一年，韶华怎堪回忆。
杨柳依依，蓬勃涌动枯干。
迎春未放，绿藤地下蔓延。
岁月徒增，难奈万千烦扰。
青春在逝，天地寂寞苦行。

2013 年 2 月 25 日

晨兴

春入大江流，地走孺子牛。
晨起闻鹊鸣，婀娜还看柳。

2013 年 3 月 13 日

随语

平生凌云志，不意众山低。
湖高水自平，风中心独静。

　2013 年 3 月 22 日

偶见桃花

红尘多冷凄，清流覆坚冰。
经冬松孤直，三月柳未青。
午后漫步行，桃枝出深庭。
眉随粉团起，心与翠鸟喜。

2013 年 3 月 25 日

迎春花 ①

不经意间，又看到你，在荒野里，春天的足迹，还未踏进这片大地。
枯草匍匐在地，没有半点生机，干枯的树枝，死一般的寂静。
而你，就在那里，
大片大片的金黄，在寒风中绽放，迎着微弱阳光，摆出灿烂笑脸，
给万物以希望，赋予人们力量，
我爱你，迎春花。

2013 年 4 月 2 日

晚风离楼杂思

一夜冷秋风杂叶，百日花红半凋谢。
残木又欲怨影斜，空山寂寂早荒野。

2013 年 6 月 28 日

偶得

一席清静水，天地分两维。
清风已先醉，问君可忆谁。

2013 年 8 月 27 日

---

① 4 月份只写了个开头，8 月份时才补完。

雨后江边偶得

昨夜风雨几何,试问江边渔人。
笑指竹篓空空,难网一江春色。

2014 年 7 月 2 日

谈诗词

青丝几缕换一词,炎凉过后吟成诗。
佳句未成君莫恼,古今愁苦可曾知。

2014 年 11 月 22 日

湖

午后漫步,泰丰公园小歇。
那一抹湖
让我魂牵梦绕
近在咫尺
却似远在天涯
抖落满身尘土
抛却人世烦扰
脚步
穿过深秋黄叶
心跳
忘掉无果加速

跨过横界的石桥
我
终于
来到
你的身旁
再次看到
你中
的我

2015 年 10 月 30 日

临湖

风停了
心静了
柳丝在动
小鸟在鸣
不见白云
但有水波千条
折起一湖清晰

2015 年 10 月 30 日

初春归乡有感

我走在乡间小道，
闻着牛粪味道，
心已知道，
我已回到，
故土怀抱。

喜鹊喳喳叫，
偶尔还有羊的啼叫，
伴着远处的鞭炮，
却掩不住初春的寂寥。

地里的青苗，
伴着扬粪的辛劳，
四周的树苗，
已挡不住心的远眺。

2016 年 2 月 12 日

初春时节晚过梅江有感

一望暮天无际
几排乌鸟北鸣
又是初春时节
乍暖还寒时候
冷风清影浮冰
幽人逡巡已久
试问一江沉水
何时再起潮头

2016 年 2 月 16 日

我呆站在地铁口

北京开会，夜晚时分，出地铁口见雨。
那雨
不期而至

那人
说走就走
在地下穿过半个城
却迎来电闪雷鸣
雨水打碎了地上的霓虹灯
更映乱了迷茫眼睛
我呆站在地铁口
好久
好久

2016 年 9 月 7 日

第三篇　思维之电

第一章　天下大势

沙文化

文化不过是一堆沙，
堆在浮动地壳上的沙。
层层叠叠，颗颗块块，
相似的相联，孤独的共存。
有人刨沙，土堆要装出脑细胞。
有人化沙，全部心血不过成为层中沙。
堆吧，吹吧，塌吧，这总是一堆沙。

2012 年 6 月 6 日

冬时杂思

一虹在天，寂寞庭院方寸中。

南行大雁,独留青山谁诉衷。
一声轻叹,世间繁华转头空。
古琴再弹,冷看旧曲新人从。
无奈龙潭,金鲤已去空波澜。

2012 年 12 月 12 日

感发

兴衰无常,胜负幽变。
莫笑蝼蚁,何慕巨象,
人活百年,富贵由天。
或处乱世,易成盗拓,
或逢衰败,意气慷慨,
身在盛世,乐于寸井。

先贤已逝,后人难知,
极目宇寰,抚琴孤唱。
三国归一,合而崩析,
盛唐不再,积弱成疾。
江山多娇,大河朝东,
我笑风云,风云笑我。

2013 年 7 月 5 日

漫感

世间已然如此,何必太多期望。
大千世界陆离,万种人物说法,
此方唱罢,彼复登台,

何借三把神沙,涤荡心中怒海。

2013 年 8 月 6 日

晨过长街看秋叶感兴

硝烟弥漫,战鼓如雷,
看旌旗招展,两军对垒,
胜败一瞬间。
江山如画,千秋功过谁论,
再拭长剑,酒醒看风云。

2013 年 10 月 30 日

人文的矛盾

个体生命是有限的,但却具有追求无限的精神。

人们处于平凡生活中处处感受着无奈,于是产生在日常生活中体现精神的要求。

这种追求永恒的理念,是一种带动琐屑趋于精神理念的诉求。

而在自然科学中,思想与思维对象是融合的,思维主体已被淡化,越是好的科学研究,越应该忽略本体,而社会科学是三者的矛盾统一。

2016 年 5 月 16 日,2016 年 11 月 24 日补全

第二章　国运恒昌

读《复杂社会的崩溃》一书有初感

天上的星星黯淡了,地上的灯光太亮。
挺拔的塔楼迷茫了,远洋的船儿还未返航。
尘世的喧嚣啊,遮住了星星,淹没了塔楼。
清澈的黑夜啊,洗不透燥动的心。
嘹亮的晨号啊,叫不醒沉溺的人。
逝去的荣耀啊,似残花般散落。
如铁的纪律啊,被泥一样蹂躏。
振拔把,谁能发起刺血的警报?!
行动吧,共挽世道的颓倾!

2011 年 9 月 25 日

数理

一阳在天,二性随化。
三变多数,四镇正中。
五行咸聚,六福和畅。
七巧报喜,八方来贺。
九益归一,循环弃扬。

2012 年 5 月 8 日

感时

落花几枝，划破残阳数缕。
雨打蕉叶，又是满窗凋零。
身裹厚衣，难挡寒风向西。
松柏尤立，要留一片生机。
衰草遍地，欲待东风唤醒。
大雁北归，吱呀报春声起。

2013 年 3 月 5 日

参观大沽炮台有感

翻开历史的黄叶，漫步滚滚长河，
隆隆的炮声，吸引我来到盐碱荒野。
泥沙和着热泪，咽下亡国的屈辱，
柔弱的国人，心已如铁。
复兴的希望，在寰宇激荡，
乾刚之德，立于天地中间。
又过百年，海风拍打青春面庞，
沧桑难言，权弹长剑当歌。

2013 年 3 月 22 日

大沽炮台归来有感

硝烟虽逝，炮声隆隆尤在耳，
大沽既失，羸弱国体怎堪愁。
徒剩精忠，敢散热血祭海门，
无奈大势，豺狼奸凶咬羊羔。
恍然隔世，昨日屈辱心头血，
默然而立，国运恒昌冀今朝。

2013 年 5 月 2 日

漫步随感

胸中逸气抒千秋，翰墨丹青似水流。
王朝霸业空无影，徒剩青石卧老牛。

2013 年 5 月 23 日

第三章　个体命运

父亲诗作两首

人心无几蛇吞象，人外有人天外天。
努力向前知足乐，压力自无身心健。

手把青秧插满天，低头便是水中天。
粗茶淡饭随缘遇，退步原来是向前。

2013 年 3 月 2 日 ①

感内外因

一石激波澜，一语起群鸟。
非是水无痕，亦非林无音。
体系自循环，本体融外因。
石落水面涨，人过鸟叽喳。

2011 年 9 月 25 日

---

① 此为父亲为大家庭和睦所创作的两篇劝世诗作，收录在此谨为铭记。

枯木

清风当空,岁月几何。
春花而萌,夏实荫郁。
黄叶尽散,静待覆雪。
壮哉枯木,顺尔天理。

2011 年 10 月 23 日

有无为

时势无为风中铃,勤乐在己山上水。
海平畅游戏巨鲨,浪起云帆济苍生。

2011 年 12 月 13 日

叹人世

常自唏嘘叹人间,岁月苦短一念间。
朝出暮落循环中,生者何乐死何惧。
大笑一声呵鬼魅,何留憾事牵汝怀。
努力当期千秋赞,世间正气万古存。

2012 年 1 月 10 日

无争

人事多迫测，随风最逍遥。
亦是总挂怀，丝毫太清晰。
生灵一世间，臧否顺造化。
风起随之舞，日落看斜阳。

2012 年 1 月 18 日

徘徊

徘徊也是一种美，一种需要欣赏的美，需要欣赏才有的美。

2012 年 3 月 1 日

无题

深根汲寒水，妙枝自生成。
大梦方觉醒，浮沉岂算筹。

2012 年 3 月 24 日

人生感怀

人生不过百年，朝发暮已迟。

才情一时兴起，纸黄发早白。
倩影依稀可见，人是物成非。
大河奔流东去，沉思还固我。
长叹何人知晓，把酒与天酌。
我自抛却烦扰，狂舞继欢歌。

2012 年 6 月 18 日

遥思鹳雀楼三首

（1）
大江东流去，千古悠悠事。
谁能知吾心，高楼独唱和。
华彩随风过，才情似水流。
再叹凡人世，登高亦难解。

（2）
远山傍白云，大江过平川。
极目达四方，神情游八极。
我自在高塔，伫立天地间。
正处千秋事，悠然跃笔端。

（3）
平川心胸阔，更加大河流。
此地有高楼，一览千秋小。

2012 年 7 月 20 日

八言空诗

年年岁岁岁岁年年，悲悲喜喜喜喜悲悲。

转头成空空从头来,回眸是情情在楼空。

2012 年 8 月 5 日

十字保健谣

一洗怨与尘,再焕精气神。
参透道中辙,四时舞风云。
五谷选粗羹,路上爱青松。
妻儿天伦乐,八方关吾疼。
酒当大家斟,食与天下共。

2012 年 10 月 13 日

100　秋思

雨打芭蕉叶摇铃,风吹芙蓉花颤枝。
若是天地肃杀尽,梅红深处青松立。

2012 年 10 月 20 日

读《诗话》随感

人近四十始知凉,年近半百言行端。
不喜虚谈空误国,好舞狂草抒自然。

2012 年 12 月 9 日

无题

孤星高悬,深水独清。
世事求全,夜实难眠。
常回兰亭,不见夫子。
仰望星空,又多慨叹。
临渊而立,心沉如海。

2013 年 1 月 6 日

江山傲

漫看蝶桥意不兴,冷对烟花梦尤痴。
大觉一醒三十载,人世轮回难掐指。
江山虽美处局地,春秋惯常韶华逝。
弹琴放歌抒性情,清音缭绕白云顶。

2013 年 2 月 28 日

随感

胸中意气怎抒,手握羊豪挥洒。
上写三皇五帝,下表世间百泰。
穷儒性本太烈,佯痴梦返太白。
本欲随风归去,今世怎可白来?

2013 年 3 月 3 日

一无是处

赤条条的来，不带来一物，
赤条条的走，不带走一物。
可谁给了我行囊，背负在人生一路，
捡了西瓜，还要芝麻，
没有片刻闲暇。
别再跟我说，那就是价值，
无底的深渊，他人的工具。
我要丢掉背囊，去到陌生的地方，
也许，我还能够，
一无是处。

2013 年 8 月 7 日

与老妪交谈有感

人比草青，命薄如纸。
大梦才醒，辩士归西。
怨愁凄凄，愤懑依依。
人立天地，怎为蝼蚁。
世事滑稽，强求无益。

2013 年 6 月 2 日

感悟

人生如风入柳，烦扰起自欲得。
忧愁似水常流，何不中游畅乐。
韶华易逝难留，权弹长剑欢歌。
人活青史英名，永葆日新之德。

2013 年 8 月 23 日

秋云起

故纸旧书空论谈，虚静无为似高玄。
晚云堆起千层雪，清风打散几缕烟。
世事炎凉知冷暖，时事变迁认兴亡。
不入人潮怎看海，遍尝苦愁方觉爽。

2013 年 8 月 29 日

结

这是一个结，系得死死，锁得牢牢，
束缚了身体，窒息了心灵。
这是一个死结，前世已然注定，
挣也挣不脱，逃也逃不掉，
身体已然萎靡，心灵逐渐黯淡。
这是一个劫数，十年转瞬即逝，
接受了事实，习惯了死结，

身体在束缚中伸展,心灵在窒息中悦动。

2013 年 11 月 30 日

无题

我笑风云,风云默然。
韶华总逝,大公未允。
几人弹指,旧朝腐论。
俯身于地,汗撒尺寸。

2013 年 12 月 6 日

卜算子 春恋

桃李弄婀娜,杨花舞飞絮,醉看人间似九天,要把春留住。
朱颜早成衰,韶华易空去,若在昔年已懂春,心随春归去。

2014 年 4 月 8 日

思行

苦涩的思考,淡淡的忧伤,躲在天边,俯瞰着大地。
快活地咀嚼,陶醉似哼唱,慵懒的身躯,挤在腐臭的牢圈,
斑驳的水槽,映着飘动的云朵。

2014 年 6 月 10 日

我在这里老去

我在这里老去，
任凭流言蜚语，
将我埋葬，
一抔抔黄土，
模糊了面庞，
只有一缕思绪，
还在天边游荡。

2014 年 6 月 19 日

这人的思与行

思想的先驱，血肉的身躯，机器的道路，
消失在迷雾画图，不知所在何处，
思考于胜负征途，呐喊声响彻情史青书。

2014 年 8 月 5 日

读《东坡传》有感

人世纷纷扰，白云无意闹。
林下何人笑，彭泽一遗老。①

2015 年 1 月 23 日

――――――――――

① 套用"至今寂寞彭泽县"一句，指代陶渊明。

千回百转是人轮

宜将眼光放风景，姹紫嫣红又逢春。
莫让阴霾占佛心，千回百转是人轮。

2015 年 2 月 10 日

我属羊

不要再问我
属什么
人怎会是
猪狗猫
谈什么牛羊温柔
扯什么龙虎英雄
从今以后
我只是
人的我

2015 年 6 月 9 日

赶走哲人

当哲人逝去
人们又回复
平常模样
像猪一样

快乐过活
再没有人大声疾呼
也没有人痛苦涕流
再不会看到
蓬松头发的疯子
在河边山下游走
快乐就是
一块腐肉
生活原本
如此简单
人们宁愿
像猪一样
快
赶走那个疯子
让我们哼哼唧唧
啃这大块腐肉

2015 年 7 月 8 日

十年

十年前
我在山边
远离尘世烦扰
听着溪鸣
看着鸟飞
坐在躺椅
翻阅着
天上的书
十年中
我满身尘土
脚踩着泥泞的大地

耳听着世间的疾苦
眼睛寻不到
指引的路
今天
我又顿悟
错误
障幕
穿过迷雾
书
纯粹的虚无
世
坚实的基础
阴阳 调和
动静 生息
天地间
跳动着
奋斗心

108

2015 年 9 月 3 日

观人无题

不要因
唾弃
命运的安排
就厌弃
岁月的无奈
点滴间
已流逝
你我的青春年华

2016 年 1 月 13 日

我把自己生出

我把自己生出
子宫抽搐
满地是血
偌大的身躯
在内心翻滚
痛苦
煎熬
不过是为了
破茧而出
自我的重塑
旧壳的脱落
每时每刻
诞生着
全新的我

2016 年 2 月 14 日

活着

我活着
你也活着
有些说自己活着的人
已经死去
有些想死去的人
已经如愿
当你看到这行文字
你还活着

我却
已然离去

2016 年 3 月 3 日

早春之感

当我看到
雁去雁来
四季之中
树的荣枯变迁
面对
花的衰败
皱褶的容颜
抓着指尖中的光阴
我才发现
变老的
只是
我

2016 年 3 月 23 日

错过

假如早生一刻
就能赶上美好的日子
假如早做抉择
就能赚取大笔钱币
假如早到一会
就能赶上远去的公车
假如快走半步

就能挤上拥挤的电梯
一生
都错过
过去
不可得
现在
不可得
未来不可得
错过
即一生

2016 年 3 月 28 日

寻找一种向上的力量

历经世态炎凉
我只为寻找一种向上的力量
情恨浓愁
功名利禄
不过是被线牵住
走遍万水千山
我只为寻找一种向上的力量
一蓑风雨
几抹浓愁
又曾被雨打风吹过
风清云散
独立天地间
我只为寻找一种向上的力量
潮起潮落
兴衰成败
唯有追索依然

2016 年 8 月 19 日

我在黑暗中成长

我在黑暗中成长
没有阳光
雨润
躁动
不安
内心中涌动
不屈服的精神
愤慨
不公
让我再咽下这口
难平之气
可还有

笑容
期盼
亲人的吻
又赋予我
前进力量
所以
每当我仰望天空
仍能看到
一轮明月
高挂苍穹
不论
黑夜
白昼

2016 年 11 月 6 日

第二部分　持续沉默

第一篇　长歌当空

第一章　景

碎空

115

远处飘来莫名的风,天空不再完整,
一片片黑云,撕裂着天空。
无所适从,人们慌乱奔逃,
天碎了,碎块间洒下炙热的雨,
无处可藏。
天碎了,不再完整,
世界变了,不是天堂,
历史改了,不存希望。
头上的天空,巴掌大小,
脚踩的地方,井底之蛙,
身在的时段,忽略不计。
天碎了,我亲眼看到,
破裂的天,我无奈端详。

2012 年 11 月 8 日

寄春之语

（1）

春回大地，万物芳宁。
冬虽未已，萌动此情。
目含八极，春藏微细。
循环四季，春当终始。
荣枯一世，笑在寸心。

（2）

下马望南山，不觉西风冷。
问君秋几何，却道春依然。

2015 年 2 月 6 日

雾霾系列

（1）雾尘①

天又沉了，
大片大片的云被粘在了一起，
晴朗早就不见了踪影，
哪还有风，
颓废的剩叶伴着干枯的枝，
漫天的雾尘，
塞满空洞的城市，
奔走的黑影，

---

① 2013—1—31。

听不见一丝气息，
迷茫的眼睛，
钉在脚下的泥泞，
不要得意，
小心你的肺。

(2)迷雾①

红袖飘舞，
彩烛影踪，
好大的雾，
难见娇容。

漫天的尘土，
无风的初冬，
城市中的雾，
遮挡前方的路。

117

模糊的建筑，
漆黑的古屋，
冷酷的迷雾，
缠裹一切生物。

心被束缚，
不再冲动，
停住脚步，
迷失途中。

(3)难言山水②

雾漫四海，霾阻千秋。
青山何在，绿水难求。
古人虽贫，尚有佳息。

---

① 约作于2013年初冬，2015年2月编辑整理。
② 作于2015年2月6日某会场。

三味时间集

家园日富,子孙遭咎。

(4)又现白云蓝天①

我凝视远方
呆滞的目光
出神地遥望
又见白云蓝天
在这
有生之年

如果可以
睁着眼睛
安然逝去
我愿就此
化作一丝
清风

118

---

① 作于 2015 年 6 月 12 日。

第二章　品

星星

我想变成星星，无忧无虑，无牵无挂，
不用惧怕风雨，也不必担心冷暖，
任它日月流转，我自固我高悬，
任它岁月变迁，我以光速生长，
任它凡世痴癫，我只隐于明暗。

我想变成星星，无离无合，无悲无欢，
不用借助言语，也不必依仗权势，
随它宇宙爆裂，我是原始动力，
随它世界冰冷，我将燃烧自己，
随它俗人妄议，我终返还本一。

2012 年 11 月 6 日

假如我是一棵小草

假如我是一棵小草，我愿生长在湖边。
即使面对冬天，我也有坚冰为伴，
虽然我已枯黄，匍匐在冰冷的地上，
但是还有希望，即使那么渺小。

春天的时候,湖水在我身旁荡漾,
起伏的湖光映着我微笑的脸,
小鸟自由地飞翔,不时掠过金色的湖面,
她们在对我歌唱,邀请我去观赏大好时光。
我总是摇头,
不是因为我没有远行的翅膀,风儿会带我飞翔,
也不是因为我没有自由的向往,每天我都有新的梦想,
即使严寒,也不能摧毁希望。

我是多么热爱这湖水片片,
它有海的宽广,向东伸延就是海的无边,
它是那么宁寂,在高楼中显得愈加低沉,
它滋养着周边的生灵,即使风儿也不时品尝它的甘甜,
我要生长在湖边,起伏的湖光映着微笑的脸。

2013 年 4 月 25 日

120

假如我是荷花

假如我是荷花,我会欣喜于疾风骤雨,
狂风掸去世间的尘,如注的雨洗刷若大的叶。
假如我是荷花,我会欣喜于艳艳烈日,
炙热的光焕发炫目的艳,干燥的气纯净固守的心。
假如我是荷花,我会欣喜于每一滴水,
水的滋润赋予旺盛的生命,不嫌恶泥沙污垢。
假如我是荷花,我会欣喜于世间万物,
静静生长,默默老去,
无争于世,只留下清香几抹。

2013 年 7 月 4 日

苍鹰

我在最高之处,俯瞰寰宇,
风过翎羽,掸落尘土。
世间的路,于我成无,
历史年轮,何需思虑。

因为我是,一只苍鹰,
不论天晴,还是雷鸣,
自由飞行。

我从最高之处,腾空而起,
无拘无束,自由飞行,
因为我是,一只苍鹰。

2013 年 7 月 24 日

通天塔

天这么低
压得我闯不过气
脚下的地
撕裂中已深陷泥泞
焦虑的心
痛苦着搜寻光明
突然之间
在那远方
耸立起通天之塔
直插入天

那是唯一的希望
快逃脱这无尽困难
打碎那脆弱绝望
攀登通天宝塔
向上 向上
抛下一切苦烦
天在我脚下
云在我身边
向上 向上

2015 年 7 月

第三章　境

走过六年前旧山村

　　当我安稳地坐在这里,耳畔时不时响起的中英文交替的报站上车声,心里平静多了。来北京南站前的六个小时里,我去过天坛公园前,一是门票价格,更多的是独自一人,使我决定还是不进去为好,向里张望几眼后,内心驱使我离开,并决定去原来在五环外的居所那。当我走下带我观览了一路的公交车后,漫步在通往白石绿松山的林荫小路上,两边挺拔的北方杨树为我隔去了城市的喧嚣,带来了内心的清凉。

时别六年再游凤凰山岭

路漫漫,千回万转,小径成大道。
人易老,斗转星移,须发渐斑白。
再望山,郁郁葱葱,更多精气神。
心归海,清清静静,畅达和潮涌。

　　随后,我竟再次踏上了六七年前晨跑的水渠,来到山下的一方耕地和旧村中。

走京密引水渠

河边绿柳树,林畔清凉泉。
当与青山老,风雨洗精神。

　　空无一物的我默默走过曾购买白菜、大葱、馒头的集市,满脸沧桑的老妇却唤起现实的感慨。

我没有再爬上这山，也就没有机会再站在当时的山峰上，在两边连绵的青山相拥下，朝着远处渺小且模糊的城市高呼。黑色的书包一直在我两手间倒换，略显沉重的包裹使我的背影在夕阳斜照下逐渐弯曲了。最后，当我再次坐上那辆每周至少拉我去一趟城里借书的两节大公交车时，心已是越发平静了。静得让我都开始怀疑，自己还是几年前那个用一辆自行车驮着所有家当骑行几十里来到身后那个地方的人，可我知道我还是，我不再呼喊了，转为了平静的叙述者，这种语气在几年前的小记中是找不到的，那里最多的是一个对所谓平凡生活厌倦的未谙世事青年的苦闷抱怨声，间杂引用的几个抽象词语。

我无法用价值标尺来判断两个我谁更真，更好。一个记述者加偶尔的自认为的古诗与长短句创作者，对一个要且真在读尽群书，且偶尔迎风呼号的热血青年。

还是借用黑格尔的说法吧，后者已融到当下的我之中了，被我扬弃了，就如当下的我也会被融化一样，我希望多年后，再读起这些话与诗时，会有着今日类似但有着微妙差异的感觉。

124

2012 年 5 月 25 日

苏州游记

结束了愉快的苏州之行，刚刚贪婪得嗅过高铁站外月季树的芬芳，连日的感触令我迫不及待的找到一处车站内僻静的地方，要记下些什么，因为虎丘山的绿林清香是带不走的，寒山寺的钟声是要留在枫桥边的，即使是车站外北方罕见的高大月季树也是留恋这片水土的。

常在纠结与挣扎之中，从小的教育灌输到幼稚的头脑中的观念，曾让初入社会的我拧吧了许久，虽然青少年时就离群孤处，但终究不太激烈明显，更可笑的是，不论自己还是有的长辈，把这种内向看作是老成持重、志向深远，充满前程的迹象，起码那颗小心灵自认或是错觉得也是这么看的。

一晃五年多过去，依然故我，孔子说过，人生七十古来稀，而今竟也过半。这般岁数,再加上自己本性中的自然懒散,我感觉自己有些释然了。头脑长在自己身上,为何总成为外界观念的跑马场,无数高大上的说法统治控制并压抑了自己太久,做回自己太难。

2014 年 11 月 15 日

心境系列

(1)随意在青山 ①

随意在青山,松下观自然。
落叶浮洞边,幽兰伴静蝉。

(2)飞鸟 ②

当夜色渐渐逝去,
我的睡意全无,
窗外的路,在晨雾中迷失,
朦胧的行人,耸着肩膀,为生计奔忙,
只有小鸟,还在歌唱,懂得欣赏难得时光,
她飞到我的窗前,我急忙打开窗纱,揭掉阻隔我们的这层薄薄的纱,
她来到我的身边,无忧无虑,欢乐无比。

太阳还未升起,人们就为生计奔忙,
只有小鸟对我歌唱,让我注意美好时光,
一个念头滑进心中,如果现在能够选择,我愿与小鸟为伴!
清风吹起,打散薄薄晨雾,
迷蒙中的清晰,金光闪入眼睛,

125

---

① 约作于 2012 年秋。
② 作于 2013 年 7 月 14 日,这本来是个计划中集子的开头,那时曾幻想自己变成一只鸟,飞过城市的大街小巷,遇到各色动物,但当时变化未纯,竟然折翼未动至今,干脆将这段思想感受作为标本,放到这个大杂烩中。

就在这一时刻,我突然发现,我已拥有翅膀!
小鸟就在身边,四目相视,羽毛挨着羽毛,
她对我轻声诉说,清脆的歌声平息我内心惶恐。

(3)夜醒①

人生倥偬,一轮明月山中。
世事人弄,起伏大江奔东。
雲雨化龙,小庭书剑震虹。
情义独憧,青衣小径古钟。

(4)山中楼 ②

小楼总在山深处,丈天九尺手揽云。
风起只打花缨纷,水过流苏香胜无。

(5)无题③

一叶小舟顺江流,春寒肃秋任浮生。
也曾望天拂垂柳,终过巫峡帆意朦。

126

(6)清平乐 晚春感怀 ④

青春不住,费尽痴人语。满目疮夷佳人无,只剩浓愁细雨。
晓来泼墨江山,老残情绕天涯。醉梦江底明月,春风追逝韶华。

(7)感遇⑤

多情不似无情苦,独上高楼望征途。
冷江飘零半生余,瘦山萧瑟埋故土。
沦落天涯西风过,仰卧东坡枕青书。
笑看热血逐清波,敢问后人谁似我?

---

① 约作于 2013 年夏秋。
② 约作于 2013 年秋冬。
③ 2014 年 4 月 9 日。
④ 2014 年 4 月 15 日。
⑤ 2014 年 10 月 17 日。

(8)无题①

独钓冷江秋水寒,孤舟远上万仞间。
一鹤云游四海清,可怜牢笼坚似铁。

(9)吾心悠悠②

吾心悠悠,此意绵绵。
故国之秋,时事弄艰。
风流伊人,文谁共联。
空目四极,神韵化昌。

(10)佳人何在③

佳人何在,幽幽吾心。
匆匆归去,谁人相依。
吾在水西,将汝怀思。
青春易老,白头方知。
两情相悦,当共佳时。
勿再似我,孤苦剩痴。

127

(11)无题④

知音难觅心愈孤,耻与人同拓新路。
后山微现青云时,勇擒骄龙踏深谷。

(12)世间纷纷扰⑤

世间纷纷扰,白云独自漂。
真龙游四海,一鹤鸣九霄。

---

① 2014 年 11 月 22 日。
② 2015 年 1 月 26 日。
③ 2015 年 2 月 6 日,编写时将原第三句"吾在这里"改为"吾在水西",取
"吾在长江头,君在长江尾"之意。
④ 2015 年 4 月 24 日,时值学业初挫,感发而作,以为后训。
⑤ 2015 年 8 月 31 日,晨走,见小雨中钓鱼翁,感发。

(13)晨行 ①

其天虽乌
弱水难清
疾行于路
持平在心
不迷一思
空作画图
群鸟飞鸣
不驻一物

(14)又忆青春 ②

当年年少太轻狂,百花丛中迷乱眼。
欲伴彩蝶追清风,常随黄卷映鸣蝉。
一叶早落朽枝亡,材积旷土泪泥干。
白鹤已去空剑鸣,莫忆青春乱心弦。

(15)初秋感怀 ③

又到黄叶清秋节,登高极目需携酒。
望尽天涯苍茫路,劝君感怀莫怀旧。
天高不过九万九,寸心一日游三界。
众生早醒谁独醉,横笛未干走青牛。

(16)感怀④

古灯黄卷星依然,云淡风清松入窗。
看尽古今兴衰事,枯心如今只向禅。

(17)晨行⑤

扬鞭西北野,策马蹉跎河。

---

① 2015年9月10日。
② 2015年10月14日,闲坐突感,画影如旁。
③ 2015年10月20日。
④ 2015年10月22日。
⑤ 2015年10月23日。

大旗迎风咧,三军沉如铁。
千里连灯夜,星月伴古藤。
人生恍隔世,生死总入歌。

(18)深秋感怀①

人生寂寞千百世,自古贤哲多孤一。
与其声色效犬马,莫若挑灯绘丹青。

(19)随感②

离愁别恨寂寥诗,
古今多少愁思明月中。
感兴排比抒情义,
又是一江秋水奔流去。
贬谪落榜失意时,
登高远眺青山依旧红。

(20)悟缘③

古道荒风石马,断桥流沙斜塔。
青蛇良犬曾伴,日月无语化禅。

(21)鹤甲④

我有鹤甲
其质也臻
南方三年
大旱无雨
其形归朴
北方风狂
无木成鸣
其声返心

---

① 2015 年 10 月 26 日。
② 2015 年 10 月 26 日。
③ 2015 年 11 月 7 日,连日参读南怀瑾老师作品,有感。
④ 2016 年 3 月 3 日,凌晨夜醒。

恬然于野
闻于九霄

(22) 无题①

千劫成一刹
寸心起万端
原欲化无穷
灭度笑拈花

130

第二篇　感人叙事

第一章　人

我们在夏日午后

　　与涛涛快乐地逛街，找到一家冷饮店，享受夏日的清闲。有太多事情没有记录，闷在家中或是枯坐桌前，是不会有心情来理清内心的世界。音乐很响，人声嘈杂，但不影响冷饮带来的愉悦。

　　近来有很多的心理波动，有过期冀，有过扬起，但更多的并且目前划进的是一种淡然的心境。这是一种只埋头做好自己事情的坚守，对关乎自己的梦想状态的追逐，对自己发过的诺言的信守，对外界荣誉与变迁的无所谓态度。先吃一口冰激凌，再来叙述不迟，天还早，夏日里的多云天气，最适合情侣出行了。

　　这些天伦敦奥运会鏖战正酣，四年前还在北京，如今身在此地，已不能实地去观赛。不过，看着电视转播，我更看出个"我"来。运动员要想取得胜利，必须要发挥出自己最好的状态，拿出自己的看家本事来，自己不努力拼搏是不行的，换句话讲，尽自己最大的努力是最基本的，第一位的，是常理。这第一层次可以有几个庞系，比如对手太弱，或对手退赛等，这只是偶然事件，不能期冀的。由"我"就引申出"你"。体育运动是要有对手的，没有对手就成不了比赛，没有好的对手就没有好比赛，要想发挥出自己的超水平，对手必须要强大，这就是很多哲人提出的要敌人与对手更强的用意所在吧。

当"我"战胜强大的"你"后，首先要感谢的是"我们"。这里就到了下一层次，现代体育运动已不是处在单打独斗的时代了，随着人与人间联系的紧密，一项事业更需要群策群力，组织获胜了，如果一个人到最后还是认为工作成绩的取得是自己的事，那么他的事业肯定不会大的。如果以"我们"对单个的"你"，获胜是必然的，即使是"你们"，更强的"我们"，也能获胜的，从而使"我"站上颁奖台。

这就是体育运动的"我"或主体逻辑吧，你会注意到"我"的发挥是依赖于"你"的，"我们"的运转决定"我"的成绩，只有"我们"强大才能战胜对手。

总之，从这夏日的些许停留中，我认识到了我要进入"我"中，这是最基础的，是常理，早晚要被成人认知，显然我这个年纪还在说这样的话有些晚了，就如对面的涛涛催促我赶紧吃下融化的冰激凌一样，好在即使化了，它也在碗中，虽然认知较晚，也还是被认识了。

2012 年 8 月 5 日

132

妈妈 请不要忧伤

妈妈，请不要忧伤，
岁月的沧桑，染白了你曾经的花发，
生活的艰难，侵蚀着你美丽的脸庞，
你的双眼，总被泪水迷蒙，
美好的时光，又是一去不返。

妈妈，请不要忧伤，
还记得你的歌谣，伴我渡过金色童年，
你的奉献，支起幸福的家。

妈妈，请不要忧伤，
儿子已经长大，让我替您分担，肩上的重担，

多想拿一片天,赶走您头上的乌云,
多想撑一把伞,让您不再受那风霜,
多想变成一块炭,给您我所有的温暖。

妈妈,请不要忧伤,
儿子有了热爱的她,我们也快有个小小乖乖,
体会了您的辛酸,也知道了父母的难,
我要驱赶,您头上的乌云,
我要阻挡,冰冷的风霜,
我要迸发,无尽的力量,给您我所有的温暖。

妈妈,请您欢笑,
这个夏天,我们一起去那沙滩,
阵阵的海浪,排排的脚丫,
我们一同大声欢笑,快乐永远无边。

2013 年 4 月 9 日

论《西游记》

　　我觉得《西游记》是带有撰写者到时代局限性的。孙悟空被压在五行山下五百年,他那么大的本事,竟然没有用不坏金身敲碎那大山,表现了作者的不勇。他最后竟然要一个柔弱的和尚施救,显示出了屈服者的无奈。若是现时代,从思辨的角度讲,我认为孙悟空应该利用他自身的七十二变,与大山融为一体,从而扬弃制约自己的山。当然,鲁莽的凭借勇力把山崩碎只能是小男孩的一厢情愿。融合的观点在整部《西游记》中也是有体现的,大小妖魔鬼怪都想要吃了唐僧,从而突破肉身,长生不老,可惜的是,谁也没能成功,这难道不无奈吗?

2014 年 4 月 22 日

三味时间集

第二章　事

论科研评级制度

　　我现在开始有意识地利用间隙时间来捕捉放大内心的想法了，每次记述都要加个标题。

　　这次是要考虑科研评级，很多人在公众报刊上抱怨说是评级制度使得科研工作者急于出成果，一是造成质量不高，二是滋生抄袭等不端行为。可精品是由多少残次品练出的。但首先要端正目标，不为评而做，由量升质，由过程到目标。需要说明的是这里的目标是科研自身的。

2011 年 8 月 16 日

我的手机欢迎语

　　手机已是生活工作中必不可缺的工具，欢迎语是每天开机第一眼看到的话语，这里面也许可以折射出个人的阶段心境。从 2006 年有第一部手机开始，我设的欢迎语是"hello world"，2009 年参加工作后一直设的是"hi world I come"，最近一个阶段改成了"do do do"，不知道以后会改成什么样子了，不过我觉得现在这个欢迎语会使用好长一段时间了。

2011 年 8 月 29 日

赛场争胜

(1)赛场

挥汗如雨,无所畏惧,
矫健的身躯,
赛场拼搏,
每一分钟,
多少辛苦,早已洒落,
来时的路。
不要再说,没有天赋,
我要争夺,无所顾虑。
挥汗如雨,无所畏惧,
矫健的身躯,
赛场拼搏,
多么光荣,胜利收获。
赛场的我,就要拼搏,

(2)争胜

不用多说,不要疑惑,
赛场在等待你我,
关键时刻定要把握,
摘下面罩,别再窃笑,
让人们看看你的本来面貌。
胜者为王,败者为寇,千古不变的道,
不要怕累,别说辛苦,功夫一定下到。
咦嗷,咦嗷,
穿上战袍,握紧队标,
你我要去战斗。
拾起信心,踏上征途,一定不要退缩,
争强好胜,无所畏惧,胜利属于你我。

三味时间集

不要低头，坚持战斗，
不再让人小瞧，
胜利全靠自己把握。

2012 年 11 月 2 日

我在寂寞地前行

我在寂寞地前行，
黑色的森林，低沉的空气，
压抑，气喘吁吁。

我在寂寞地前行，
拖着长长的背影，穿过冰冷的大地，
孤寂，身心俱疲。

我在寂寞地前行，
内心充满犹疑，双眼愈发迷离，
浓雾，包裹躯壳。

我在寂寞地前行，
彼岸早已不信，希望成为坚冰，
衰颓，时日无几。

我在寂寞地前行

2013 年 4 月 25 日

夜回赛场

火红的太阳,赤热的脸庞,
赛场上,汗流如注。
脚下的路,要我自己丈量,
欢呼终点,等待撞线时刻,
无尽荣耀,与我奔向前方,
坚实脚印,留在身后的路。

再回赛场,月亮爬上树梢,
几缕银丝,藏在乌黑头发,
弯曲赛道,见证时光轮回。
夜幕之中,欢呼之声回荡,
月光之下,少年勇敢奔跑。

脱下外套,光着脚丫,
重回昔日赛道。
夜幕之中,欢呼之声回荡,
月光之下,少年勇敢奔跑。

2013 年 5 月 25 日

我在水中爬行

我在水中爬行,清水没过头顶,
环顾四周,只见幽蓝一片。
我在水中爬行,双臂向前伸展,两腿努力后蹬,
左右摇荡,在这幽蓝一片。
我在水中爬行,头脑空白一片,

半丝杂念，都会压我于这幽蓝水底。
我在水中爬行，机械运动，身影时隐时现，
只因些许无名的光，透进这幽蓝一片。

2013 年 6 月 26 日

138

第三章　遇

雨困牛排店

　　我们就这样被困在牛排店里。再也不必讨论过会儿去哪儿，安静地听着店内一首首音乐，看着窗外越下越急的雨。刚才头脑中还暗自盘算下一步的写作安排，现在却迫不及待拿出手机，好记下这片刻感动。

　　工作不是为了外界认可。特别是这种写作，不是为了评选或晋升。当然开始时是用它来触发自己。可当你真正爬到半山腰时，感受的就是工作的艰辛和其带来的自身价值，想继续这样攀登上去，只能继续这样去坚定信念了，这就是思想的蜕变。

　　上述的表述反映出我目前的境遇。在这样的半途中，在犹疑、困倦怠惰的时候在内心期待着。感谢这场雨，感谢对面的爱人，让我歇了脚，看清了周边的形势，明确了工作的价值，这里是半途中的工作。

2011 年 8 月 7 日

欲望

内心的欲望，
像火一样，烧毁世俗锁链，
赤热熔浆，涌出窒息时光。

灵的欲望，拨动琴弦，

赤裸双脚,跳跃芭蕾,
芬芳气息,爆裂内心。

爱的欲望,为你迷倒,
百合花的裙摆,天蓝色草帽,
咯咯欢笑,扬起海浪朵朵,
浇灭了火,燃起了爱。

2013 年 6 月 27 日

回家途中

时钟已过了七点钟,
劳碌的人们,踏上疲惫的归程。
窗外的霓虹灯,不停闪烁,
那迷离的世界,怎能吸引回家的人。

一杯半热的咖啡,填补思念的空白,
打开音乐,听一首回家的歌。

列车在暮色中前行,时钟已过了七点钟,
淡然的面容,露出幸福的微笑,
家的距离,已越来越近。

铃声响起,亲爱的她,又在轻声问候,
汤已煲好,清香是否闻到。

列车在暮色中前行,时钟已过了七点钟,
听着回家的歌声,想起亲爱的她,
幸福的笑容,留在这回家的旅程。

2013 年 11 月 12 日

南开青春

我站在十四宿舍旁,看着空旷的操场,
初秋的太阳,躲在雨云后边,懒洋洋放光,
马蹄湖的荷花,飘来阵阵清香,
脚踏车上,载着幸福无限。

这就是我的青春时光,天真、烂漫,
每天只有傻笑,将烦恼抛到一边。

当青春一去不返,当忧愁不时来到,
我常常回到十四宿舍旁,
走在人来人往的小道,
看着青春飘扬的赛场,
再闻闻马蹄湖的飘香,
回味着幸福的味道。

2014 年 8 月 29 日

图书馆奇思

　　像往常一样,我照旧在阳光明媚的早晨来到图书馆三楼的诗歌小说类阅览室,随手拿起一本不起眼的书随意翻看起来。看着看着,思绪不由被刚才的那个微笑牵走了。

　　图书馆一楼的综合服务台里,总是坐着一位美丽的少女,她会耐心解答读者的咨询,有时还会起身把讲座券或资料双手递给前来索要的人们,这时就会显出她高挑的身姿、纤细的玉手。若是在附近走过,对她微微点头,她则会报以世间最迷人的微笑。看到那个微笑,是我每天中最幸福的事了,有时候我已搞不清来图书馆是为了那个笑，还是身边这些略微发黄的故纸堆。

假如我还年轻，并且热血满腔，激情四射，清晨我会捧着一大束红色玫瑰直接大步流星走到她的跟前，单腿下跪，大声地说："你真美丽，嫁给我好吗?!"

可青春不再，岁月打磨掉了太多棱角，剩下的只是一个老土宅男的闷骚，那我就提前用公正的楷体字写在一张粉红卡片上，"您好，每天看到您的微笑真是我的荣幸，最近新上映了一部美国科幻大片，不知道今晚是否可以同去?"，然后借着跟她要讲座券的时机悄悄从券下面递给她，立刻走开，偷着乐一整天。

世界啊，变化真快，人近中年阅尽了冷暖变迁，知晓了人情炎凉，哪还有什么梦想，怎么可能还会相信童话故事，在大道理的笼罩下活了半辈子，什么都麻木了。昨天傍晚我走在去两站地外公交车站的路上，这两站地是不值得倒次车的，公交车票钱够买一袋纯牛奶了，这时隐隐看到那个熟悉的高挑身姿，屈身钻进一辆保时捷中，她开车门的动作快速且飒爽。

雾霾天难得消散，其他娱乐设施那么少，出来散散心对身体总是好的。

2014 年 11 月 7 日

第三篇　辩物思理

第一章　势

要用复杂系统论角度去思考理解

　　虽然不能生搬硬套,但我越发觉得对我们所处的以及所从之来的广义社会,如果从观测器、控制器这样的复杂系统论角度去思考理解与实践,会是更加透彻明了的。这是一种方法论的选择。至于所谓的考察对象及刚才所说的广义系统,我这里是想不光包括生产活动,还有组织形式与生产方式的变迁,同时对各门科学虽然不可能详尽了解其具体的进展与核心问题,但还是可以从科技整体上去把握与衡量科技水平的变化及其对社会其他部分的影响。最后,就如我在 2009 年春天所要表达的一样,还有对记叙者与思考者本身的衡量。这引出了我们考察社会与衡量考察自身的标尺及价值尺度。我们要表达到不光是生产本身创造价值,生产方式的改变,对社会的考察都是创造价值的。

　　　　　　　　　　　　　　　　　　2012 年 4 月 11 日

孤独的人所应从事的

只有孤独的人才会有时间记述些东西，当然很多写作的人都会希冀这些当时无用的文字能够被后代发现，也许这些人中包括我在内。

很多零星的观点在头脑中闪过，让我获得一种释然的感觉，可这些既不能归于系统，能够成套阐述，更别提对实践有所启示与推动作用了。也许它们就应是孤独的人所从事的，由于对现实的不满足，才会有所思考，有所行动。

2014 年 4 月 15 日

顿悟的时间与状态

让我们提个严肃而神圣的问题：何时顿悟？过往时间是顿悟的基础，孕育成熟后，能使我们更加珍惜今后的时间。

这里的顿悟，是沟通物质世界与精神世界的桥梁，而并不是摒弃物质世界的工具。经过顿悟，我们反观自身，会发现自身在物质世界中的或贫或富。这种物质世界中的状态与精神世界的顿悟，存在着矛盾对立的关系。贫穷易产生顿悟，但于顿悟后，在物质世界中的自身作为则有所不利。

顿悟是一种综合体，其包括多种维度，涵盖时间、空间与属性。

2016 年 7 月 6 日提出，8 月 17 日完善，11 月 23 日完成

第二章　世

丧葬有语

　　我来回地踱着步。旁边汽车的马达轰鸣着,在给车里的几个人带来冷气的同时,也使外边的人更加烦躁。刚下过的雨没有带来多少凉爽,反而是对更大暴风雨的期冀。这半年多来已经送走四条生命,在感叹命运多桀的同时,难免又对个人的生命多了些感慨。当老得或是病得不行之时,也就是撒手人寰的时候,一切烦扰也就不用去考虑了。但接续的下代还会面临同样的处境,由此有同样的感受。这是唯物主义的观点。不同的人处在同样的物质状况下会有同样的感受,个人的不同只是水平线的些许偏差。考察世界只要掌握这水平线就好了。当然这里不排除掌握好某种偏差趋势可以对整体有促进作用。我们坚持发展的观点,这是指对物质世界的不断改造,使得世界更加丰富、更加多彩、更加丰满,这是第一要务,是工作的目的与任务。在物质生产的基础上考察生产关系,也即生产者与生产资料等物质的关系,这是第二位的。在此基础上再考察生产者等人类团体间的关系,这就是上层建筑。在这三层组织体系中,你可以看到从物质到精神的升级。

　　难得有这么久的空闲。雨下起来了,越下越大。我躲在楼道的昏黄的灯下,克服着感应灯泡的怪脾气和手机电池不足的不断提示。常感慨这辈子不能太轻松,若什么都好实现就太没有意识了。又在想一年三百六十五天,一天不过工作十小时,人生也就百年,这点时间又能干出点什么哪? 一年一本书也不过几十本罢了。若抱着这种拼时间的态度,固然工作会很努力,但也会成为个工作狂。我感觉这里在向工作努力的方面也是有两个层次:成为个人,与成为组织者。前者自己努力,探索未知领域,固化理论成果。后者是看到有太多的事情要做,有太多的真谛要去探寻,有太多的的人没有找到真理之路,指示大家一同工作。个人的生命再长也是短暂的,可我们又不能就此沉沦,要靠一代代人去探索、去实践。能欣赏这个过程的是有艺术细胞的,能描述这个过程的是艺术家,能实践这个过程的是劳动者,能推动这个过程的是组织者。所以人生是丰富多彩的,个人的生死是像风一样自然的。你要么快乐地感受这一生,要么愉悦地歌唱、传唱这一生,要么幸福的工作,要么焦急地等待。这就是我在这个雨夜所想到的。明白了这些道理,我想你不会狂喜了,除非是第一次窥到世界历史这整体的奥妙;你不会在乎一时的得失了,除非是第一次取得自己的工作成就;你也不会默然不动了,除非是这次事情已经全部安排妥当了。

终于来到冒着黑烟的地方了。人们的情绪多是很稳定的,特别是那贩卖矿泉水的小贩,生意虽不是很兴隆,但还很有雅兴地在逗狗玩耍。只是旁边不时走过的青年人手里捧着鲜花的面容实在扎眼。人们分发着白色的胸花,为了别针不好而大声要求着再换一个,也有人在低声抱怨针孔扎坏了高档上衣。仪式很快结束了,白花付之一炬,随烟升腾的是卷烟的刺鼻气味。

2011 年 8 月 15—16 日

146

午后在泰丰公园的快乐与凡事

时间倥偬,恍惚间前一次在午后来到这里已是去年的事。天微阴,刚下后阵雨,让人分不清这时是什么季节了。有很多感悟与想法需要回味并总结,但这样的天对此时的我已经不完全尽意味着是 philosopher day 了。心情舒展着,同样是翠鸟欢鸣,在树上偶然滴落的水滴衬托下,是那么愉悦与畅快。湖面很广,虽然映不清垂柳与远处高楼的影子,但满目的嶙峋波光让即使是紧绷的心也会放松下来的。调皮的水滴又从树上蹦到我衬衣上了,不过不要紧的,恰好在白雪上绘了朵五瓣梅花。再看喜鸟翱翔,心中想飞的念头已不再使我羡慕它们,也不会去靠想它们在地上寻食而增添浅浅的鄙夷之情。

各种生物都有自己的快乐与凡事。那个字没有写错的，快乐不是与烦恼相对的，并不是说我们追求快乐，就要避开烦恼。有很多事情，其实是大部分事情都是十分平凡的，我们不能说它们就只能给自己带来痛苦和烦恼，那样真可以说是庸人自扰了，平白无故要给自己带来这么多不幸的坏感觉。其实从经济学的角度也好理解为什么有这么多的平常事，因为只有平常，才不会给我们执行它们带来太多阻力与困难，在付出的成本较低或几乎没有成本的情况下完成工作，进行生活，是多么惬意的事啊。你总不会想，如同原始人闯进现代城市一样，对很简单的事都要感到好奇，要去研究一番吧。

这就是为什么我们现在的生活中有这么多凡事的原因，这是制度进化的结果。在这样的框架下，能做好或是退一步讲，能完成凡事就能确保系统运转，从而获得劳动所得的。这时的快乐是什么哪，在西方，可能是获得定式化的感官享受，在东方，可能是脱离系统后的重回自然。

我们常说快乐是吸引人们前进的动力。那么上述两种快乐其实都不足以产生实质性的推动力。注重当下感官，只能使世界越发进入固步自封的循环，甚至会因过分追求感官快乐而导致道德败坏。而所谓的重返各种原始形态，只是获得了解脱常规束缚后的轻松，而这种摆脱是通过走回较早期的形态而实现的，可以说是一种倒退。

147

在创新中创造乐趣吧。摆脱现在束缚的唯一途径是扬弃，遵守现行规则，完成凡事基础上，进行开创性工作。这个要求不过分的，每个人都可以实践的，在这种理想感召下，每个人在力所能及的范围内从事创造性活动，那样他们将获得最深沉也最本质的快乐。在无数创造性活动的织造下，社会将会进化。在来看我们这个时代时，观察与思考者将会慨叹，并给我们冠以某个名称。

2012 年 6 月 1 日

第三章　是

论现实

有一些概念是基础性的,如和、动与平衡等。用这些基本概念就可以演绎出现实历史的进展。有一些民族理解并掌握了其中的某些概念,并在民族内部普遍宣传,达成共识,成为民族的特征。这是概念对现实的胜利,亦或是现实朝理念升华。可是现实在时间上被打上绵延时代的联刀印,在空间上被独立民族据为己有而成块。因此,时间与空间重叠的现实块遵循现实性最大化原则,即一是整体现实被观察者人为划分为现实块;二是现实是有程度的,可以度量现实块的现实性;三是现实块相互竞争以达到最大化现实性。让我们先把这三方面梳理清楚。

真正哲学的思考都以现实为起始点,由于记忆的模糊,我只能凭自己此时的理解来做一番简短偏颇的阐述。从空想与幻想化角度,现实是横亘在面前的冰冷的墙,不愿也不敢面对。从现象与直觉化角度,现实就是感官直现,所看所听所感就是现实。从理性化的角度,现实被多种概念演绎,是某些概念的真导致或注明对应现实的真,若是把这些暂短的想法看做延续性的现实是要被嗤笑的。当然,其它派系也会用理性的方法来演绎自己的体系,如对现象的论述。

上面是对以往对现实体系的简单而偏颇的回顾,说明现实是哲学的起始点。下面回到这里对现实阐述的三方面。

首先,将整体的现实划分为现实块,既是对现实作为整体而同时存在的多层次、多类别等差异性的承认,也是为了理性演绎的方便,对整体作为全体的考察是诗歌或是信仰等方式所能的,理性必须先把整体打碎为组成部分,再在更高层次扬弃整合。

2011 年 12 月 10 日

148

也谈并行时间

很多影片涉及并行时间问题，这个概念较难解释，今天我遇到的一件事让我突然想对进行一番论述。

下午要去游泳，由于要购买新的游泳季度票，所以要在五点半售票处下班前到达。像往常一样，直到四点半我才匆匆下楼，刚好看到公交车开走，要在原地等下一趟，需要二十分钟左右。于是我快快得往前走，心有不甘，开始是想能赶在下一站时，坐上刚走的车，后来看没有这种可能后，就希望在下一站上，能有其它去的车，可当我终于走到下一站时，却发现并没有那样的其它车，这时也走累了，不想做其它尝试，于是就在这个站点上等下一趟车，几分钟后，车果然来了。

于是在想，我刚才在原站点等，与我做了这么多情绪波动和挣扎努力是一样的，从同一出发点，有多于一条的路径，都交汇到了下一时间点，在下一时间点之后的观察者来看，是看不出我沿不同路径到来的区别的。当然这仅是就时间一个维度来判断，若加上其它的标准，比如情绪的波动，体力的耗费等，就能够区分不同路径，不同路径就会引出不同结果，也即从同一初始状态点，由不同路径，到达不同的下一状态点。时间是空虚的，只有纯物理世界的粒子，可能是由时间这唯一维度来赋予属性，这里连空间这维度都需要先省略，那么就存在平行时间。所谓省略空间，就是不计量粒子沿不同轨迹所经过的路径长短，弧度变化等。而社会是有太多维度的，除非我们忽略其它属性，或是在时间属性局主导地位的场合，平行时间才有可能被感知到。

2012 年 3 月 11 日

149

关于有限与无限的思考

好久没有静下来写一段文字了，被各种事物牵绊，即使空闲下来，心情却也不能平复，而这段时间已来，在独自漫步时确有一些想法不断涌现，如果不被捕捉，想必会被逐渐淡忘掉了。

今天陪爱人来医院做产前检查，想着崭新的生命即将面对人间，此刻的心情是安祥与美好的。在新生命诞生前夕，我也得到了这份安宁，能够坐在午后的玻璃窗下享受冬日的暖阳，文字也自然而然地流出指尖。

本身的自然难免受外界的阻碍，那就换一个场所，继续下一项检查时的等待吧。本身柔弱的自我，却总想超脱羁绊，可笑而又可悲。让我们就从有限开始吧。

世间的有限究其根本可分为四种，物的有限，时间的有限，空间的有限，关系的有限。单个的物是有限的，它的属性，存续，依存等都是有限的。时空的有限这个不是论及其作为考察手段的有限性，而是考察与外界依存的时空属性的有限性，你我都活在此是此地。关系的有限主要是指对象间关系的种类，存续，强度等的有限，神是无所不在的，神的关系就是无限的，但即使有当今"小世界网络"的六度分离原理，对象间的关系也还没有超脱有限的范畴。

作为个体，也就是上文中的对象，我们并不关心外界的有限，而是自身如何摆脱有限。作为物的肉身，前三种有限性是随着对物的驾驭而逐步在量上的到缓解的。个体间关系的有限性是通过社会的变革而逐步向无限领域扩展的。科学与技术解放前三种有限，社会变革释放关系的有限性。

简述完有限性，我们再来论及无限性，虽然传统上这是神与迷信的领域。无限的对象也是在变迁的。从最初确定的某物为无限，到个体人的无限，再到假设某种关系的无限。举例来说，这三种分别是对物体的崇拜，个人迷信，对自由市场或政府专制的笃信。这里很想引入每个个体的无限，这就是青年人理想中的自由吧。这个幻想如此美好，以致没有人愿意揭示其隐含的荒谬与虚假。

当我看到秋日的黄叶因为一阵冬风而衰落时，悲哀之情顿涌心

头,可我又撤到了苍劲的树干,想到明年它还会更加茁壮成长,即使
不然,也会有更适合当地环境的树木生长。我想到了,个体的有限
是整体无限的基础。当如此表述时,一长串残酷的语句会随口就能
说出的,什么适者生存,什么优胜劣汰,等等。可作为人,我也不免
为此感到悲凉,我们都是个体,整体是虚幻的,是个思维语句,即使
存在,也是打着它的幌子的小部分人。所以,我们要加上第二句话,
整体无限要以个体的无限为目的。只有两句共同理解,我们才得到
摆脱有限的完美解决方案。但对它们的理解,要从动态的过程角度
入手,个体间通过竞争以及对胜利的追逐,使得整体的无限得以逐
步涌现,整体的无限通过补助弱小,扶植未来事业而赋予个体以无
限性。前一阶段是生产力的发展,科技的进步,后一句话是社会的
公平正义机制维护。在这个循环中,我们由于有限性而更多关注发
展,但这是一个循环,只有对无限性的向往与追求才是过程的目的。

总之,我们处在有限的过程之中,我们活着的意义在于对无限
的向往与追求。

2013 年 11 月 20 日

无奈与思想

人生有很多无奈,领略其中滋味的时候不知是早些还是晚些
好。所谓少年艰辛磨砺,成就老成心态,但这是对别人的孩子说的,
对自己的娃,疼爱还不过,多是想为其创造更好的条件,更别提无
奈了。

但父母的手再大,也遮不住天,孩子终究要面对世界,在与人交
往,与物交换中,一是受俗情束缚,二是受经济制约,最后还要体味
生老病死的变故,终究要面对无奈,感受这种挫折与不顺畅的滋味。

因此说,人生常伴无奈,看透了也就洒脱自然了,当然这是此时
的心境之言,不会与人苟同。上学时的课本说,要惜时如金,会算数
之后,又知道一生不过三万余日,于是心中不免常常慨叹。可无奈
多了,也就任其自然了,眼看着时光从指间划过,却又力不从心,或
是身不由己,于是哪,索性就忘了算日子,也不再企及那些故去的故

事人物。环顾四周,众人的生活也就是如此这般,街边喝茶下棋聊天,山脚海边散步望天,也就忘却了无奈事情。而文人的情怀,如《兰亭序》所叙,亦是如此,那些华丽的文字不过是朴质的装潢,沉淀知识的炫耀。

你可以说,这些不过是落魄文人的自我安慰,春光得意之辈,意气风发之流是不屑于这些酸溜溜的文字。不过当看到,中国的诗词多是无奈之句,连苏东坡、王安石亦此,即使是豪放派的诗人也多以"一樽还酹江月"收尾,不知道还有哪位兴奋之徒能无视世间无奈。

推而广之,你可以说无视无奈的是所谓主流的思想,或说是文化的根基。作为大众思想的文化,为了得以延续,必须要有一种坚毅的特质,而勇者无畏,无知者更可怕,有时需要傲对无奈,但英勇之气只能延续一时,物性的世间需要持续面对,于是文化的主流就选择漠视无奈,大家也就在浑噩中繁衍生息。只有真正活出个性的人才会认识无奈,进而生出无限慨叹。

这里涉及对文化的反思,进而是对思想的反思,常问问自己为何这么思考,为何自己会有如此境遇与思想,当我们把固话在我们思考过程中的文化框架作为反思对象而不是自我思想的制造厂后,我们就进入了文化思想的开拓领域。①

2014 年 9 月 8 日

对时间的限制

我们来考虑对时间的限制,这里的时间专指个体生命的延伸过程,有三个层面的因素阻碍个体对自身时间的更好利用,只能任凭时光白白流逝,无所作为也无所体悟或欢愉,思想层面,制度层面与空间层面。

思想层面包括对来世的迷信是极为更重要的,对未来的美好许诺。思想往往被当作一剂迷药,药量只要让这个人糊涂一生并且足够让他教育好后代、关键时刻能当做真理的维护者就可以了。你知

---

① 思想可划分为个体思想与文化思想,文化思想遵循一定公理。

识越多，书读得越多，会越迷茫，那些躺在故纸堆上的话语，只会让你进一步丧失对自我时间的把握，迷失在空洞许诺、痴言妄语交织的虚幻中，而唯一真实的，是自我时间的丧失。

制度层面就是压榨与压迫，资本、权势等既有制度层面的优势因素对劳动下层民众的欺压，现在除了工作生活环境的恶化外，还要加上生态环境的恶化。制度都要标榜自身的合理性，以获得更持久的存在，现代制度最致命的问题是在追求效率的过程中对个体的忽视，其实这是历史上各种制度的通病，只不过当我们认识到宣扬自由博爱的现代各种制度也存在这诸多弊病时，就不免更加失望了。

空间层面是专就个体所处的周遭而言的，个体时间的延伸不是在抽象的思维层面上进行，而是在现实块中，我们把个体周遭的现实块抽象地称为空间，为了与思维和制度层面相错位，这里我们仅指个体周遭的处境，包括各种人事关系、所处的区位与场所。中国古人可以自由的延展于自然与世俗世界，当然是在古代官宦与土地制度基础之上的，但现在个体的空间选择领域变得越来越窄了，大多数人都被紧紧吸在局部的空间之上，不得动弹。

时间的流逝的，是鲜活的，一百年后的生活与个体无关，他只关心也应该关心当下，对思想、制度与空间的改造，只应朝着解放束缚发挥自我活泼生命的各种枷锁的方向前行，这途中有太多陷阱与谜团，而且远没有取得多少成效，人类的历史还有很长的路要前进。

2015 年 7 月 8 日

世间的奥秘——去宁波波归来散记

有些杂思若不记录下来，就闪入沉寂之中，即使今后想起，也再也没有当初的面貌。原以为只有诗歌是应时应景，随情感发的，很长时间不记录所思后，发现它们已逝去不回，而我却感到如此孤独。我是要再做些杂思的玩偶吗，除了没人看的诗歌外，也要让思想包裹装扮好，以便放入自己的储物柜中，可这样做只有纪念意义，他人若非有相似感思，是不会品味的，而我若是下一刻足够饱满充实，也是不会捡出故物的。那么,这样做,只能是说明,我想把握此刻,这明明是不可能的,过去不可得,现在不可得,未来不可得。而活在世间的我,总要破空做实,于是便用文字试图把握过去现在未来,就在空空的屏幕或纸张上。

世间还有奥秘吗?问这个问题,是否已经不合时宜。科学如此发达,一切迷信都已破处,那些所谓的未解之谜,都如此鄙陋不堪,都已经成为10岁前儿童的专门读物了。人类的足迹遍布全球,我们已经不再痴迷于异国的风俗、他乡的宝藏,环球旅行已经成为旅行者的标配,只需要不多的金钱,就能办到。而他们回来之后最大的感触往往是,千城一面、万街雷同,只有肤色、语言、气候,这些东西还稍微提起些兴致。

关于未来,人类似乎也有了绘好的蓝图。再过二十年,太空旅行,之后是移民外星球,以应对地球的诸多难题。这一切都有了言之切切的标准说法,科幻电影用来吸引观众的只有特效镜头和若干火爆场景了。

这一切算什么,禁锢,枯燥,无聊。进化成了完全的实力比拼,而主导科学规范、规则、知识,占领了人们的头脑、俘获了探索精神。色即是空,空即是色。空下来,才有生命的肆意任性成长。尊重生命吧,让我们感谢死亡。

既然活着,人们竭力回避的,便是老病死。知识让我们从头脑中忘掉对生死的思想,职业则要占用所有活动时间,机器上的螺母是不需要思考的。而时间流逝,自古不息,让我们感谢这变迁老死吧,不死则没有变化,打不破的只有枷锁。在流逝中学会珍惜,在老死中懂得欣赏,在空寂中把握实在。思与行,凝炼进如芥子般的人生,在探寻奥秘的路途中,于奇点处,迸发出生命本身的光芒。

2016 年 7 月 23 日

南方秋旅

每次旅途,都是心灵渴望已久的放松机会,有时间、有闲情来舒展胸怀,回顾来程,畅想未行。

这次本来带来了以往写作的片段,本想能够借此接续,但粗略翻过,却发现自己已经不能顺着原来思路再进行下去了,那时的情调、想法,与此时的,已截然不同,不论是狗尾续貂,还是画蛇添足,都已索然。

看着几年前的话语,华丽中透着儿童般的天真,现在的我,还会再坐在书斋中高呼自由吗,还会再啃着馒头遗憾鸟儿四处寻食吗,还会自认才情满溢不屑为人所知吗,答案虽是否定的,但若现在的我回到过往,也应不会改变当时的选择与态度。

我就是我,而你就是你,我们每个人都是独特的,不论是从理论上讲,还是实际中通过泪水与无奈的体会过后。由此,有几处引申。

首先,做事应该有始有终,对于缺乏持久专注度的我来讲,要尽快写完一个故事,期盼着未来的我完成之前的故事,是不可能的。而这也暴露出自己的一个恶习,做事很是拖沓,而对非此之人、之事,抱以天真的期冀,则是典型的幼童心理。

其次,我感到自己已经趟进了实际的洪河,而这应该就是人类历史的进程。虽然,我们都是作为一个细微的分子,但在历史中,我们相互只有角色的不同,作为人,作为历史组成,作为既生要死的生物体,我们都是相同的。有的人进入人世很早,而我则从心理上很晚成熟,直到第三个岁轮之后,才渐渐懂得为人处事的道理。周边充斥着少年成名的典型,已开始步入中年的我,该怎样存活下去啊?

这些问题现象都是勾连起来的,一解全解、一悟百悟。

2016 年 10 月 23 日

维度世界

周遭的世界是具有多个维度的,主维度被称作现实,它包括通常感官所看所感的三维空间和单维时间。在此之外,其他维度是存在的。个体在多维度空间中,通过发挥自主性,可以将自身建设成为世界的维度,这是这个世界之所以越来越精彩有趣的原因。

主维度是线性的,是接续绵延的,但其他维度是交叉缠绕的,复杂非线性的。

维度世界构架起我们存在空间,但其本身与观察视角是相关联的,观察视角本身就是一种维度的外现。从主维度看其他维度,后者是具有时间上的诞生,灭亡与变化的,而由于主维度的连续性,这种观察是接续下来的。从其他维度看主维度,是具有反抗性等特征的。

维度之间的关系,上面已经提过主维度和其他维度之间的关联,而由于主维度是线性的 因此没有交叉性的关联。其他维度之间的关系是复杂的,总体上说,是相融的,因为维度世界是无穷维的,每个维度都在其中存在,它就像某颗不知名的星球,在宇宙边缘闪耀,而宇宙是没有边缘的。我们通常只将自己局限在主维度,以及有限的几个维度上,而失去了对维度世界整体的把握,后者被称作智慧。

我们能做的,除了整体悟识外,更需要积极行动,特别是要力争将自己也打造成一种更贴近主维度的观在维度,而这就需要去除其他维度的影响,挖掘自身独特性。若非这样,我们只能是其他维度的观察与存在工具,是不具有独立观在价值的,因此不能被人进行考察与模仿。

在靠近主维度后,其他维度还会进一步争夺主导地位,力争成为最广泛的观察与存在维度。

这就是你我的维度世界,我们身在其中,我想提醒你的是,看看你的脚站在何地,你的头脑正按何方观察思考,而这种反思,曾被人们称作哲学,这种提醒,希望能让你觉醒。

2016 年 11 月 19 日,无锡东站

第三部分　不断跳跃

第一篇　远古回声

古语有言

谈君子

君子奋而不休,尽人事,顺天命,行大道,视无维,不求必,替天使道,为民申义。去思少虑,应感多做,随心而动,谈吐在理,道德中人,浑然天成。

君子道以贯之,上体天,下感地,中使人,静则思理,不妄想,动而有矩,符众望。

2011 年 10 月 23 日

论书

书者,所以叙事达理、抒情写意,器相同而所用悬殊,君子忧思,沉闷终日而无所发,其所得也难,其可做更难,唯记叙于书,阐明事理,明叙关联,内不负于己心,外则寄予后学。是故真做书者多为落魄,且多为得志者嗤笑,然抱负之心凝结笔端,一二灼见亦可散见行间,唯望听音者留意耳。

2011 年 12 月 1 日

论人

人秉七情,六欲为化,其生也无奈,其死也无算。弹指间,古人纶巾遗风犹在,而影化为无,诵读间,先生高堂之音还在,而容颜成画。叹人之无奈,与草木无异,春时而发,夏则郁葱,秋遗后果,冬杀可尽。亦有猛进之士,奋起于循环之间,独挺拔于逡巡之际,或发言警醒,或建功于当期,尤可勉也。美哉,美哉,人之为人,当与此辈比肩,虽终不免化为尘土,亦可造物成势,做阶垫砖,甚者可使后人畅望,言行思维传承于世代之间。人之为人,当以此为期。

160

论势

势者,虚实也,由虚化实为得势,由实入虚为失势。势系于理,理多机巧,故可使势。势可使动,然不必也,机若未发,磅礴之气不化为火。故势联于理,而接于动。得理无势,势蕴无动,或时之未到,势虚未实,或机不可遇,太实化虚。人顺于律,水流之下,势使之然也。君子得势,顺理成事,小人逞势,暴动逆理。故不为势而求势,体理使之然也,不抱势而已,运动以求成功。

静夜墨语

静夜思

静夜多思沉香烈，美人磨砚诗情妙①。
一笔不尽天下事，赤心可容盛衰情。
暗秋深处一枝梅，苦寒尽头迎春闹。
莫叹世事多叵测，公道在心人向善。

2011 年 10 月 4 日

叹痴情

一眼定终生，两童林下语。
此生应多情，舍尔谁与共。
而立做痴状，谁能振动汝。
只叹一时轻，难耐方寸情。
凡尘尽归土，痴情应做风。

2011 年 10 月 4 日

---

① "妙"字为涛涛后来所想。

英雄不二世

英雄不二世，一曲何愁岁岁唱。
宏图难再展，惊木拍醒痴情儿。
岁月如歌风未歇，世间英气多聚合。
留得青山斜阳红，簇簇黄花走耕牛。

2011 年 10 月 4 日

感人生

人生应开怀，千仞泰山心中存。
小事亦需做，方壶东海水淘尽。
藏应独守遵道德，怨天尤人使不得。
出可治国平天下，做威做福不足取。
居正处道气逸飞，骏马虎行动是非。

2011 年 10 月 16 日

世间情事

香雪飘万里，北国风光竞妖娆。
青松崖上傲，看尽世间冷与暖。
剪梅庭院生，几度悲欢复离合。
世间多情事，何堪生灵雪做发。
幸有迎春闹，无限春光头上花。

2011 年 10 月 16 日

共立环宇

方寸之心容天下,人间饥寒多感怀。
九尺之躯立环宇,大势筹策勤思量,
大同常念怀世事。
人人皆兄弟,辛勤多劳作,巧手联合绘宏图。

2011 年 10 月 16 日

何处看风云

映云轩上好看云,水中镜画露真情。
浮云阁里观风尘,烦恼随风忧愁消。

163

2011 年 10 月 26 日

无题两则

（1）

金鲤难钓发做钩,黄花虽开鹊上堂。
冬街沽得酒一壶,夜与月影伴古人。

（2）

江山如画终是画,宏图在胸还为图。
万仞高楼出海平,千叠层云漫峰头。
时真时假难分辨,亦实亦虚多转换。
理随世迁贤辈出,情遇境化总唏嘘。

2011 年 11 月 6 日

无题三则

（1）
林静鸟飞绝，海平鱼深潜。
默语非无意，此心早明鉴。
世事归无为。

（2）
一语定乾坤，天下虽小亿万人。
三策平乱世，野有农夫笑老儒。
是非公道理，懂德容易做得难。
人心向背为大道，顺势而起好推舟。

（3）
狼毫在手意气发，古今世事思潮涌。
兰亭虽美古人去，赤壁徒剩后士叹。
西陵旧景应犹在，学子晨读未名畔。
上马应能平天下，静夜筹策书胸怀。

2011 年 11 月 8 日

无题

正气一脉万古存，大千世界浩然起。
光阴如梭道理在，明白于心自然成。

2011 年 11 月 25 日

无题

雄鹰展翅跃九霄，骏马扬蹄跨五洲。
肆情随意为本我，寻理做真是自由。

2011 年 12 月 12 日

无题

人生短促须勤勉，十分耕耘一获足。
穷理格物安于道，动心忍性增不能。
君子固穷中和乐，天地一体融于民。
千仞壮志寒窗藏，万里河山笔间游。

2012 年 2 月 12 日

清明夜思

古木簌簌，拍打世间繁华无数。
惊涛啸啸，惊醒多少男儿痴笑。
一虹在天，奈何寂寞孤庭中。
剑指南山，当举神兵荡海平。
把酒长叹，三十功名影佝偻。
花香伴露，九尺成灰亦流芳。

2012 年 4 月 3 日

几人在痴狂

几人在痴狂？临海叹星翰，迎风展红旗。
何必太在意，大道千古存，荣华像前钩。
会当纵心境，随性融自然，万里归方寸。

2012 年 4 月 6 日

感今生

荣华不足虑，三千轻裘化为灰。
宠辱何足齿，东门黄犬不得牵。
丈夫一世间，朝闻道义壮年行。
莫言此生憾，清风起处古钟鸣。

2012 年 4 月 17 日

寒门多孝子

寒门多孝子，深山藏幽客。
苦乐情返真，浮沉理在中。

2012 年 4 月 17 日

愁

抽刀断水水还流,把剑迎风风愈烈。
常苦多愁问何来,寸心思愁愁亦累。

2013 年 7 月

感发

手把羊豪书狼心,口念公法求私利。
破除世间许多障,巧言勿信看实际。
台前纷呈好美丽,幕后阴沉尽污秽。
机关枉算众觉醒,清史终会留芳名。

2013 年 8 月 7 日

孤舟载思

起语

　　时在辛卯初冬,天露淡云而日还暖,夜虽早降而星郎然,阔路四通而人八达。纵身四野而脉不变,横跨五洲而情愈衷。博览群书而道归简,广阅山川而性自然。情触于外而生于内,趣积于习而发于常。道传于众而默于心,理显于律而随时变。

2011 年 11 月 25 日

祖奠

岁在辛卯之冬,时恰阴阳之际,百鸟晨鸣,孝鸦衔食。呜呼,生灵之善者若斯,勤勉四体以奉上亲,推广及他人,中人是期。若夫毁亲怨亲者,鸟兽不如。是故行远始于近,功德和于孝。上贤怀之,后学习之,举世体之,则和风畅达,伟业可期。

2011 年 12 月 12 日

铭志

歌言志,无语不足以兴。书成文,非方正则不立。夫天地阴阳,势非正否,物有新旧,人则陆离。君子立世,循循以守道,辛勤而讲理,运文势以顺天,行手段而成功。若夫守贫而不怿,居闲而懒惰,位高以贪乱,则非所取焉。说以行难,故书而咏之,以为后记。

2012 年 2 月 19 日

生死

日月穿梭,时光流逝,往日黄花,转瞬飘零,念昔红颜,途剩回忆。然大德曰生,天地以光为主,四季以春伊始,纵白驹过隙,亦当走马赏景,残月可歌,落花含蕴,上观星河灿烂,下体百态民生,俯仰人世间,情随境迁,感慨虽多,豁达无边。

2012 年 10 月 17 日

人行

汲日月之精华，融天地之灵气，感春夏之生机，藏秋冬之冷毅。无奈坠地，悄然升天，行走一世间。观行衰成败，看世事变迁，亦悲亦啸，亦歌亦舞。独行之人，渐近渐远。

2013 年 2 月 27 日

晨兴

雷雨之前，天地阴霭，凡人碌碌，早入川流，气压胸中，随而感发。

当入中流激水，扬起长虹如血，方心浩然随古，常听空城留音。世事险且艰，江山非空图，美人怎耐寂寞，韶华易逝难追，青烟终归故垒，我在亦当放歌，琴断音留人间。

2013 年 6 月 17 日

第二篇　漂流日记

湖边观景

井冈竹青

(1)有感井冈山会师(6 月 15 日)

左边是龙,右方为虎。
气合思一,势集力起。
宏图待创,艰难何惧?
一笔千秋,英豪垂首。

(2)铜塑将军(6 月 15 日)

将军铁马,踏破万里沙场。
青山常在,当贯浩气永驻。
一指敌酋,镇退虎狼马前。
长啸三声,可叹谁能与共。

(3)笔架山(杜鹃山)乘缆车有感(6 月 16 日)

白兰花开时,杜鹃红未了。

烽火化青松,再起英雄云。
一笔跨千里,豪气写春秋。
徒叹后来子,应思前方路。

(4)感怀(6月16日)

风忽起,松动意随。
水清响,云移思动。
大哉宇宙,天人一合。
德行道广,寻理探空。

(5)访大井红军驻地(6月17日)

龙蟠虎踞在此,试问谁敢争锋?
三千精兵在侧,剑锋直指云霄。
青山劲松长在,浩然英气永存。

(6)龙潭两首(6月17日)

当在龙潭濯吾足,好用天剑拂世尘。
何需玉女①伴歌舞,翻云覆雨遨太虚。

龙潭第一潭,碧玉出蛟龙。
才露脚一趾,已成摧城势。

(7)访黄洋界红军胜地(6月17日)

云可化雨血可染,坚守阵地壁垒严。
不过百年后人起,为续伟业祭先驱。

2012年6月

---

① 玉女潭为龙潭第五潭。

未名情还

(1)入学十年后再在北大体育场踢球(7月11日)

世间英气存几多？当携五洲问九天。
一手翻起千年史,再笑人间多凡情。
精神日新自奋扬,双眸清澈勇向前。
身处阑珊享民乐,胸中意气与风合。

(2)湖畔遐思(7月12日)

远山映无边,青云写浮生。
湖边清净塔,不意与天齐。

(3)风与雨(7月13日)

微微风轻拂,细细雨乱舞。
风过无痕,拂去万千繁华。
雨中多情,舞动难解情丝。
总说世间满变迁,无物能定转头空,
仍愿入情愁。
风过将思雨,雨中寻风舞。

(4)再见未名(7月14日)

临湖听涛宇天阔,静塔幽思看风云。
人生蝼蚁转瞬逝,就当醉舞师英豪。

(5)池边小憩(7月15日)

小鱼才一寸,金光已初现。
青石古木中,雁影相伴欢。
小池通四海,未名是本道。
他日跃龙门,当思清静水。

172

(6)有感井冈山会师(6 月 15 日)

左边是龙,右方为虎。
气合思一,势集力起。

(7)再别未名(7 月 15 日)

漫步绿柳中,<u>丝丝永相垂</u>。
淡池无深浅,青史只黑白。
吾心何所之,塔影在浮荡。
琴音入九霄,情系未名湖。

2012 年 7 月

深圳青年

(1)深圳有感

自古骚人多慨叹,无缘愁断为琴弹。
直流大河起波澜,玄黄厚土书云天。

(2)隧道穿行

我在隧道穿行,光明留在身后,
黑色笼罩一切,唤醒他的伙伴。
我在隧道穿行,心中黑暗涌起,
孤独已被驱逐,我与黑暗同行。
我在黑暗穿行,心是我的隧道,
铁轮声音响起,前进,我与黑暗同行。

(3)长兴之山

静观四极风云,势正八方否顺。
头上青天常存,宏图终起方寸。

(4)木马上的姑娘

木马上的姑娘,刚刚转过,
长发飘过,将心牵住。
木马上的姑娘,刚刚转过,
随意的飞吻,是否为我?
跳动的姑娘,飘动的长发,
随风的飞吻,是否为我,还是为谁?
跳动的姑娘,飞扬的吻,
美在转动,转动是美。

(5)大梅沙游泳随感

当在中流击浪,千尺巨鲨为伴。
小岛熔岩飞钢,九天皓月曾弹。

2012 年 9 月 19 日

去宁波波

7 月 20 日

(1)我走了

我走了
在风雨中
也曾想
缠绵柔肠
和风煦暖
听着鸟喧
沐着春光
可眼下
已狼狈不堪

风
好冽
雨
好疾

雨伞
已被扯透
衣服
全都湿透
冷颤
深入骨髓

我走了
在风雨中
那风
好冽
那雨
好疾

(2)人生五斗米

人生不过
五斗米
一斗米
曾学古人三更起
撒米喂鸡催天晓
二斗米
上山打虎没有酒
冷风和下黄米汤
三斗米
屋漏又逢雨连阴
破锅煮饭呼妻小
四斗米
尝尽世间酸甜苦
荣辱沉浮似穿肠

五斗米
百年一刹须臾过
留得余香伴饭茶

7 月 21 日

(3)小林

小林深处不需路，
鸟喧方觉闹市安。
绿溪绕柳周三匝，
唤得邻朋洗铜壶。

(4)山与结

有一座山
一定要翻
有一个结
一定要解

176

人在山下
天高云远
可心不在
人在山上
天高云远
而心已平

结未解
意难一
结已解
空归实
山在翻
结在解

7 月 22 日

(5)长滩漫步

长滩漫步且贪欢，
清风拂面笑语连。
明月一轮照人间，
海天之畔望远帆。

(6)晨海

一个人
终究要
面对一座海
心太狭
也装得下
性太疾
也听得进
回归吧
你为何
还未走远

(7)无题

谁护幼鸽避风雨，
慈航济世观自在。
苦海无边终需渡，
身性两空好入世。

(8)小池

半池残荷半池天，
君来时节空留香。
若问青鱼何所寻，
谁欠夙债把愿还。

(9)赤足走千步沙有感

望海潮头不望海，
得意石上谁得意。

自古金沙任人踩，
至今沙上空无迹。

2016 年 7 月 20 日至 23 日

南方秋旅

10 月 24 日

(1)晨步柳岸

两三点寒鸭在栖，
四五株垂柳依稀。
清水一潭悦君目，
满城花香伴鸟啼。

(2)成都兴隆湖观感

龙泉山近不得攀，
兴隆湖浅可划船。
扬鞭驱驰三千里，
何时歇马晒斜阳。

(3)感文人

成都赴重庆高铁上，望青山绿林感发
愁不尽千秋愁
叹不完沉浮叹
看尽古今兴衰事
尝遍人间苦辣咸
一生百年须臾过
吾心纵横跨大江
男儿沉雄立天地
涅槃过后好求新

178

10 月 27 日

午间漫步两江新区管委会周边山水

世间本无尘，

何劳竹扫寻。

古叶伴清池，

秋雨过山城。

2016 年 10 月 24 日至 27 日

西子之秋

（1）上城印象

在一条古街

你我挥手

相别

嘴角的微笑

还未隐去

我禁不住

又回首

找寻那份雅芬

穿过古老的巷口

划过斑驳的苍石

只传来

清脆的回声

（2）夜游西湖

有一座湖

穿过了功德

看遍了荣辱

故事

留给后人评述
传说
增添了迷人的风采
风起
柳动莺啼
歌来
触动行走的心

2016 年 11 月 17 日

崖上清唱

180 深渊

夜中间，悬崖之边，你的冷酷让我坠入万丈深渊。
闪着电，狂风在啸，冰冷的心让我明白世事变迁。
夜无边，只有深渊，与我在风中狂啸。
我啸，风啸，我啸，唔哈哈哈哈，
风啸，我与深渊，唔哈哈哈哈。
我啸，风啸，我啸，唔哈哈哈哈，
风啸，我与深渊，唔哈哈哈哈。

2012 年 8 月 13 日

夜帆

夜太暗，没有彼岸，我徘徊在铁幕之边。

夜的帆,划过天边,我遥望夜的帆。
白色的帆,划过黑夜的边,来到我身边。

光明的帆,陪我渡过空虚的一天。
夜的帆,带我去远航!
划过天边,冲破铁幕之边。
寻找彼岸,我与夜的帆。

2012 年 8 月 13 日,9 月 12 日

骑行在北京

那年我还年轻,独自来到北京,
在漫长的街上骑行,心中感到光明,希望与我同行。
时光飞逝,现在我已离开北京,
带着她在小街穿行,身后是我的光明,寂寞留在了北京。

北京,北京,我曾经的骑行,
心中的光明,希望与寂寞同行。

2012 年 8 月 23 日

夜钓

不见了繁华,褪去了喧嚣,
孤坐黑夜中,面朝静海。
清澈的夜,罩得住躯壳,挡不住跳动的心。
黑沉的海,挡不住跃动的你,嗨咿欧,嗨咿欧。
来呦,来呦,和我作伴,我们一起遨游。
去呦,去呦,与你为伴,我们一起遨游。
跳动的你我,跃动的你我,

我们一起遨游,嗨咿欧,嗨咿欧,遨游。

2012 年 10 月 4 日

思念的你

刚刚分离,已开始想你。
温柔气息,将我缠系。

岁月匆匆,说好相伴每一分钟。
戎马倥偬,只留残阳尽染血红。
转头成空,总见梦想变成雨虹。

思念的你,无人能代替。
美丽身体,陷入回忆。

人潮涌动,我的愁苦只有你懂。
气势如虹,杯破盛水撒予精忠。
冲破天空,看尽繁华你在心中。

思念着你,开始想你。

2012 年 10 月 7 日

征途

号角响起,
远处的晨曦,唤醒沉重的身体,
血红的旗帜,鼓舞跃动的心灵。

敲着战鼓,踏上征途,
克服一切险阻,去实现宏图。

嘹亮战鼓,我在征途,
不再屈服,对失败说不。

激昂战鼓,都在征途,
相互搀扶,去实现我们的宏图。

2012 年 10 月 8 日

看书的少女

她如此安静,坐在那里,
黑边眼镜,挡不住温暖心灵。
厚厚的书,遥远的路,
谁能拦阻,青春脚步。
她的眼睛,发出光明,
纤细手指,拨动我的心。
人生愁苦,古今悬殊,
放下你的书,与我踏上征途。
如此美丽,就在这里,
我要带你同行,感受世间真谛。
我们的书,自己的路,无限征途,青春记录。

2012 年 10 月 27 日

请君听我歌一首

请君听我歌一首,遍尝豪情千万种。

肩扛巨石身不抖，背驮千斤气不喘。
上山打过斑斓虎，下海擒过藏青龙。
二八青头丹书烂，波澜尽处人不老。

2013 年 2 月 28 日

唱给败者的歌

凄厉的风，吹落昨日的花，
冰凉的雨，拍打心中的伤，
漆黑的夜，又要倾听我的哀伤，
胜负无常，为什么总是失败人选，
四季轮回，何时才是我的春天。

黎明的曙光，照耀苍白的脸颊，
战鼓声声，号角在远处飘荡，
队友的呼喊，唤回失落的希望。
抬起头来，队旗竟是如此鲜艳。

清爽的风，吹动红色的旗帜，
清晨的雨，滋润我的心灵，
蓝色天空，就要见证奇迹，
尝遍辛酸，不过再从头开始。

头顶蓝天，挥洒热汗，
何惧艰难，勇敢向前，
战鼓声声，号角在远处飘荡，
抬起头来，队旗如此鲜艳。

蓝色天空，创造奇迹，
不惧艰辛，永远前行。
清爽的风，吹动红色的旗，

清晨的雨,滋润我的心。

2013 年 3 月 6 日

晨歌

走在林荫大道,微风吹拂面庞,
小鸟快乐歌唱,绿叶打着节拍。
阳光,多么温暖,给我无尽力量。
天空,湛蓝无边,我们要去飞翔,
青春没有界限,力量不可阻挡,
飞翔,飞翔。

2013 年 5 月 31 日

心中的火

心中的火,向谁去诉说,
大风呼呼啦啦,吹个没完没了。
你的容貌,在我眼前不停摇晃,
你的嘴角,留下不尽芳香。

心中的火,不停在燃烧,
夜色缭绕,霓虹灯闪烁。
你的容貌,晃个没完没了,
你的嘴角,勾取我的心魄。

心中的火,要加倍燃烧,
烧断一切枷锁,熔化无形隔膜,
我要冲到你的身边,让你感受我的火。

你的寂寞

夕阳欲落,鲜红还剩几多,
白云朵朵,留恋残存美好。
东风已破,谁的秋波,勾取我的心魄。

你的寂寞,缠绕着我,
心中的魔,难以抹去的符号。
人生短暂,难耐你的容貌,
世间苦愁,无人留意你的活泼。

夕阳已落,黑暗笼罩,
星星还在闪躲,月亮已经逃脱。
你的寂寞,将我死死缠绕,
你的容貌,要留下心中符号。
人生苦短,谁能担当寂寞,
世间苦愁,心中印号难抹。

2013 年 6 月 5 日

猎豹

炙热的空气,火一样的大地,
深邃的眼睛,在角落藏匿。
美好的世界,利爪将我拯救,
划定我的地界,等待了太久。

时机已经来到,精神赶快抖擞,

秀出我的利爪,在草原奔跑。
我是一只豹,追逐着目标,
谁也不能逃脱,我的利爪。

我是一只豹,在草原奔跑,
像电一样闪过,像风吹过野草。
世界多么美好,等待我的来到,
谁也不能逃脱,我的利爪。

我是一只豹,在草原奔跑,
像电一样闪过,像风吹过野草。

2013 年 7 月 23 日

想你

漆黑的深夜,光明淡若游丝,
炙热的空气,难耐想你的心,
一个人的森林,寻不到你的身影。

我问夜空,你在哪里,
星星摇曳,遮住思念的眼角。
我问树叶,你在哪里,
它却摇头,诉说想你的忧愁。
我问清风,你在哪里,
它却垂头,迷恋秀发的飘柔。

漆黑的深夜,光明淡若游丝,
炙热的空气,难耐想你的心,
一个人的森林,寻不到你的身影。

2013 年 8 月 29 日

午夜的路

苍白的路,看不见尽头,
已过午夜,一个人徘徊,
风吹散云朵,我向谁诉说。

天空虽蓝,我却不能飞翔,
风动衣角,我却没有翅膀。
午夜的路,如此安静,
身影匍匐,心却仰望。

天空墨蓝,多想自由飞翔,
风过面颊,俯瞰脚下的路。
苍白的路,看不见尽头,
一个人徘徊,轻声诉说。

2013 年 8 月 29 日

清早思念

一大清早,走在林荫大道,
伴着芬芳的花草,看着快乐的小鸟,
可我的心情却很糟糕。
缺少你的相随,哪里还有好的心情,
你的身影,朦胧我的眼睛,
天籁般身影,将我牢牢缠系。

我独自走在昨日的林荫大道,
伴着那依旧芬芳的花草,

看到甜蜜相伴的小鸟，
我的心情已降到低潮。
多想有你的相伴，再拉着你的纤手，
我们欢乐得如天上的小鸟，
唱着让人羡慕的歌谣。

可如今我只能独自走在林荫大道，
眼睛被你的倩影缠绕，
思念如沉重的石头，
我的心情降到最低潮。
多想有你的相伴，再拉着你的纤手，
我们欢乐得如天上的小鸟，
唱着让人羡慕的歌谣。

2013 年 10 月 22 日

瓦岗山

占领瓦岗山，掌握我的地盘，
规则效法于天，公平万民可享。
瓦岗山上出英雄，揭竿起义为大道，
昔日响马打不公，推倒乱世建唐朝。

占领瓦岗山，掌握我的地盘，
贪官污吏快鼠窜，奸商巨贾莫害人。

此山是我开，此树是我栽，
要想从此过，留下买路财。

占领瓦岗山，掌握我的地盘，
人活百年之间，功业万古传扬。
青山万里连成片，大河奔流好风光，

千年一座瓦岗山，世代传颂后人仰。

此山是我开，此树是我栽，
要想从此过，留下买路财。

2013 年 11 月 8 日

思念

昨夜我辗转难眠，
远方的她，
让我不住思念，
月亮升了又降，
星星眯起双眼，
谁能帮我，
传递心中思念。

远方的你，
是否感到，
有一份思念，
在将你想念。

一夜未眠，
伴着升起的太阳，
听着鸟儿的歌唱，
我又踏上，
思念的旅程，
也许你未尝，
感到这份思念，
可我仍然，
在将你想念，
思念是一种苦痛，

伴着淡淡的忧伤，
一旦陷落，
怎还能够自拔。

不论你是否感到，
有一份思念，
在将你想念，
我宁愿，
陷入思念的循环，
从白天到夜晚，
将你不住思念。

2013 年 11 月 6 日

兄弟

兄弟，你最近还好吗？
是否依然，
独自承担，
岁月的沧桑，
加深了脸上的印痕，
心中的惆怅，
散落在那，
陌生的地方。

兄弟，你还在路上吗？
是否依然，
四处奔忙，
不论日晒雨淋，哪怕风吹雨打，
你的身影，与繁华无关，
提着旧行囊，
只有孤独为伴。

兄弟,你多久没有回家?
远方的她,
在把你牵挂,
刚出生的娃,
需要爸爸,
记得常给家里,打个电话,
捎去祝福,报个平安。

兄弟,咱们多久没有重逢?
那把旧吉他,
少了人合唱,
橱柜里的茶,
没人再会品味,
不知何时,能够再相逢,
只能任凭,岁月流淌。

2013 年 11 月 27 日

藏

窗帘挂起,躲在角落里,
外边阳光刺眼,与我毫无关系。
我在黑暗里,舒展四肢,
冰冷的空气,让我充满毅力,
孤独的心,让我坚强无比。
我深藏在这里,就像一颗种子,
穿透坚硬的大地,焕发着生命的意义。
阳光下的花草,如此娇弱,
唯一的价值,只有凋零,
虚伪的东西,终将重回大地。
我隐藏在这里,环看俗世,
众人的艰辛,让我黯然悲伤。

冰冷的空气,呼出温暖的气息,
孤独的这颗心,撑起世间的雨伞。
我深藏在这里,就像一颗种子,
穿透坚硬的大地,焕发着生命的意义。

2014 年 1 月 14 日

寻找

狭窄的公交车里,我站在拥挤的人群中,
窗外的街景,在眼前闪过,
可我却没有心情,看那霓虹灯闪烁,
寻不到你的身影,我只能在陌生的城市漂泊,
报站的声音响起,可我却失去了目标,
公交车在城市穿行,就像海中的小舟,
随波而流,我早已迷失其中,
只看到高楼大厦的阴影,笼罩了迷蒙的面孔,
夜幕降临,车厢变得如此之空,
我在角落里,把你寻找,
窗外的街景,在眼前闪过,
心灵的故事,又能向谁诉说,
我只能在角落里,把你寻找。

2014 年 1 月 25 日

墨镜女人

艳丽的墨镜,
遮挡失神的眼睛,
染色的发丝,

193

干涩如枯枝，
华丽的服饰，
难掩老去的身体。

岁月如此无情，
尤其对于女人，
拖着倦意与忧愁，
你来到人行天桥，
苍白无力的手，
倚在栏杆。
车流穿梭，
路人匆忙，
夕阳下的霓虹灯，
无尽风光，
可这所有，
又有何干。

194

失神的眼睛，
藏在艳丽的墨镜，
干涩的发丝，
染上美丽颜色，
老去的身体，
需要华丽的服饰。

岁月如此无情，
尤其对于女人，
习惯了假意微笑，
装作没有忧愁，
人行天桥之下，
车流穿梭，
路人匆忙，
夕阳下的霓虹灯，
你的身影斑驳，
无尽风光，

已被墨镜遮挡。

2014 年 7 月 17 日

马路上的狗

摇着尾巴,优雅地走在大街之上,
任凭喇叭狂按,权当没有听见。
人们叫我赖皮狗,其实我是一只哈巴狗,
脖圈枷锁已经受够,再也不要无谓搂抱。
摇着尾巴,走在大街上,
那些四脚蛤蟆,跟在我的后边,
任凭沙哑嘶喊,权当没有听见。
我不是赖皮狗,其实我是纯种哈巴狗,
脖子枷锁已经受够,再也不要无谓搂抱。

2014 年 7 月 18 日

裙角飘动

你裙角飘动
就在风中
迷人的面容
好让我心动
灿烂的笑容
恰似一轮彩虹

花边裙角
飘动在街角
迷人的笑

心一直在跳
今天多么美妙
怎能将你忘掉

在那风中
你裙角飘动
我已朦胧
好想相拥
天上的彩虹
裙角飘动
在那风中

2015 年 6 月 25 日

踏上征途

196

时光已逝
为何你
还不回心转意
我已等待
如此之久
对你的爱
仍如烈酒
一缕青丝
随风飘起
英华最难留系

时光已逝
为何你
还不回心转意
我不要苦等
这短暂人生

你的面容
已然变老
我的双手
正在颤抖

时光逝去
你必须
立即觉悟
抓紧我的手
来通炙热怀抱
我们一同
踏上征途

摆脱满身痛苦
掸落烦扰尘土
唱起青春歌曲
我们一同
踏上征途

2015 年 7 月 3 日

相逢街头

千百人里,我将你守候已久
世事无情,荣辱变迁多无由
心已老,情难老,人世难料
两行清泪,相遇清秋,又是燕飞时
一壶浊酒,漫天霜雪,松舞悲鹤鸣

2015 年 7 月 17 日

卷土重来

你曾经说
弱者的眼泪
挽救不了失败
你曾经说
弱小的我
只能乖乖
听从命运安排
你曾经说
人们只喜欢
胜利的瞬间

可是
那个夜晚
我独自躺在
屈辱之中
看着伤口的血
喷涌
而你
挽着胜利者的臂膀
早已远去

夜
让我沉静
风
让我倾听
影子
不离不弃
还有你的红唇
在诉说着血的真理

198

弱者的眼泪

挽救不了痛苦的失败

弱小的我

怎能乖乖

听从命运安排

我要卷土重来

享受胜利眷爱

而你

早已远去

留我独自

领悟

血的真理

2016 年 1 月 12 日

怎样表达爱

我怎样

表达

对你的爱

语言

轻飘飘的话

还是留给莎士比亚

珠宝

沉甸甸的项链

不过是几块石头

拥抱

只带来肌肤愉悦

转瞬即逝

亲爱的

请告诉我

怎样表达

对你的爱

世间精彩

世间精彩
不会白白到来
享受无奈
看透花谢花开

莫说霸王陵上
野狐孤狼
休论旧时宫殿
断瓦残墙
谁伏深山
禅定三年
谁执长剑
驾龙游天
谁入人间
社稷扶匡

星夜雾霭
无喜无哀
东方既白
歌赋成爱
后人指摘
非去非来

2016 年 7 月 12 日

有些歌

有些歌
我只想唱给你听
有些事
我只想做给你看
有些话
我只想向你诉说
当我独自走在雨后街道
清新的风
顺着指尖划过
远方的你
又勾起我的魄
我要唱起
爱慕的歌
再去攀登
誓言的峰
最后
对你说
我爱你①

2016 年 4 月 19 日

---

① 4 月 19 日午后漫步偶得前几句,8 月 17 日补充后续句子。

海中思源

古霸王

一骑踏破玉门关，单枪直取西凉川。
意气天纵谁奈何？时若利兮江山换。

2012 年 8 月 16 日

项羽

万里晴雪走乌龙，千秋青史属霸王。
巨鹿耀武血玄黄，垓下慨慷亦流芳。

2012 年 8 月 17 日

公孙大娘

世事悲欢多变迁，哀乐往复不问天。
要留清音在人间，为君舞起断愁剑。

2012 年 8 月 17 日

南郭将军

宏图霸业转头过,将军抚琴南山郭。
声入九霄情愁断,帝王功业亡魂多。

2012 年 9 月 24 日

夸父

太阳,在哪里?
软弱的人,以为转天就能看到;
狂大的人,以为伸手就能摸到;
虚幻的人,以为纸上就能画出。

善跑的他,要用双腿将太阳追逐。
奔跑,赤裸裸地奔跑;
追赶,肆无忌惮地追赶。
烈日下,大河边,挥汗如雨,绝不退缩。
胸中的火,比太阳还烈;
心中的念,照亮宇宙边缘。
追逐,奔跑,永不停息。

2012 年 12 月 12 日

空山夜雨

空山夜雨后,尘舞两茫茫。雨滴树不畅,风轻怨林厚。

空山夜雨时,雨打钟老寺。孤僧守微烛,佛祖在丹心。
空山夜雨浓,青苗伴古桐。小僧烘衣忙,木鱼响叮咚。

2013 年 3 月 7 日

孤军深入

荒野空旷,冷风拂面,铁甲无光,肃杀八方。
军过石岗,落鸿骤翔,前方艰险,伏兵难防。
拔剑出鞘,张弓在握,壮士三千,誓捣敌巢。

2013 年 3 月 18 日

金箍棒

定海有神针,撑起南天门。
苍生覆其下,无形遁于身。

2013 年 3 月 18 日

怀古

谁曾且听我歌,静夜又独吟,聊以解心怀。
我唱千秋金戈,雨打古钟鸣,音过青山白。
我歌沧海之叶,浪拍老宫石,时事谁人待。
我欲狂舞今夜,明月旧曾识,对酌少太白。

2013 年 3 月 21 日

淡水过处

清香一阵迷人情,淡水过处听古琴。
世间俗愁随风去,空浣一盏茗茶心。

2013 年 3 月 28 日

仙丹

古时帝王相,遍求神仙丹。
为求延寿年,劳民竭脂膏。
我有扶摇子,与君游九霄。
观遍天下景,阅尽兴亡事。
神游九万里,不醉不回头。
苦中亦可笑,忧愁不再扰。
心随清风舞,意与大河流。

2013 年 3 月 29 日

白马单骑

江山一笑风云泪,黄河九曲方入海。
白马单骑战古垒,枯草足以伴尸骸。

2013 年 3 月 29 日

205

咏石猴

万里惊雷卷狂沙,千仞怒涛拍石顽。
春露化作寸心莲,怎忍不平在世间。
也曾积压五百年,冬雪纷舞炼火眼。
今朝晴空好个爽,要闹天宫要金棒。

2013 年 7 月 2 日

地狱狮

谁在地狱中成长,
岩浆奔涌,火山喷发,万丈深渊之中。
地狱之狮,
脚踩火红岩石,昂首屹立,无视电闪雷鸣。
雄健的心,忍受煎熬,
地狱之狮,在地狱中怒吼。
灼热空气,崩裂大地,
地狱之狮,昂首屹立。

2013 年 7 月 24 日

程咬金

一声阿丑老娘亲,三年监牢重入世。
两臂一晃千斤力,四海魔王打不平。

2013 年 10 月 31 日

罗士信

痴心一片混天然,忠义两字未曾念。
今世孟奔罗士信,九天黑塔镇瓦岗。

2013 年 11 月 8 日

白龙岭地塌

白龙岭下地塌陷①,吉凶未卜谁敢闯。
福大命大造化大,乱世潜龙升九天。

2013 年 11 月 10 日

杞人

寒风复起兮天无裳,黄叶纷落兮地肃霜,
杞人忧天兮常悲伤,裸足狂奔兮无处藏,
我欲遨游兮出九天,力不从心兮可奈何,
徒让世人兮笑我狂。

2013 年 11 月 16 日

---

① 《新隋唐演义》中讲到瓦岗山后山白龙岭一日突然地陷,众英雄惊诧,唯
有程咬金敢下地穴一探究竟,得旗一面,上书"混世魔王,大德天子"。

翼德在古城

海外飞将军,落魄入古城。
勇武谁人敌,文治亦祥云。

2013 年 12 月 5 日

罗汉峪

一世英气凌风傲,忠义情长山未老。
罗汉峪前失荆州①,纵是寸冠仍吓曹。

2014 年 1 月 15 日

听三国

雄姿英发转头空,宏图霸业故纸中。
三叹世事把人弄,大梦才觉鼾声隆。

2014 年 2 月 23 日

---

① 评书《三国演义》讲述,关羽失荆州,走麦城,困于罗汉峪。

关公

（1）

青龙刀在手，斩尽天下丑。
明月当空照，浩气在心头。

（2）

兴衰成败事，得失非一时。
吾本天上星，凛然存浩气。
群丑乱人世，关公重现日。
青龙刀锋指，神鬼莫敢离。

2014 年 10 月 28 日

感怀东坡

近日酣读《东坡传》后，颇多时事感触，小诗一首，聊以抒怀。
千里风云谈笑间，万古文章一纸端。
欲将人生挥洒尽，管他荣辱与贬迁。

2015 年 2 月 27 日

纪吴王阖闾剑重现世

长剑在手，斩敌万千，
问世间谁与争雄？
胜败转空，留得佳话，
著青山淡茗余香。

大河奔涌，波澜入海，
奈白雪坚冰严冬。
英气如虹，伟业仍当，
亘千秋万代霸王。

2016 年 2 月 2 日

210

第三篇　追寻之旅

过客思行

　　黄沙飞舞、骄阳似火，干裂的大地上只有升腾的热气还能活动。一片白云飘过。伴随着云影从远方走来一个身影，消瘦而挺拔，破旧的风衣从脸到脚裹得很严，只有一双眼睛放着坚定的光芒。他行走着，大脚踩着黄土地发出和谐的嚓嚓声，草鞋虽然沾满尘土但绳索依旧绑得很结实。渐渐的脚步放缓了，终于在一片大树荫下停下了，不大的包裹被轻轻放在地上，庞大的身躯缓缓坐在了树下。周围的人开始说话了，我们的故事也随之开始记述了。

沙中树下

　　树下的人——如果还能这么称呼的话，围拢住这个游子四周。反正他们原先也是静坐着的，这突如其来的闯入者当然能激起他们极大的兴趣了。

　　"你从哪里来啊?"一个稍年长的人问，花白的胡子垂在赤裸的干瘪的胸前，"我们好久没有看到外人了。"

　　"是啊，我走了十天十夜才看到一棵树和树下的你们。"

　　"你要去哪儿啊？要走出这儿可是更不容易的。"

　　"我是个行者，一直在行走，你们是我出走后的第一站。我厌倦了所谓的繁华，选择向这荒漠前行，至于下一步还没有想好，就跟随这双脚吧。"说着他天真地拍了拍自己的脚，振起一团黄尘。

"你真是有趣啊，你叫什么哪？我觉得自己有好多话要跟你说。"

那人沉吟了一会。为了缓解尴尬，他有意把头巾摘下。当鼻子因突然闻到干燥的尘土气息而轻微抽动几下后，他脱口说到，"我只是个过客。"

树下顿时又如无人般死寂。

那人继续走着。虽然漫无目的，但步履轻盈，目光坚定。刚才发生的使他暗自叹息：我原以为远离喧扰最好的去处便是到荒漠来，可真在那树下才发觉不应是这般死寂的，而且还要压抑青年人的热情与活力！我还是继续前行吧！从死寂中走出后，不知道下一站会是怎样的？

2011 年 8 月 21 日

212　**沙中夜歌**

夜幕降临，孤独的人在荒漠中行走。远星初上，红云若隐，地上的身影渐渐模糊。悠扬的歌声响起来了，回荡在空阔的天地间。

啊，美丽的荒漠啊，再没有什么比你妖娆，万千的形态啊，都藏在赤裸的肌肤下。

我紧贴着你，再也不愿分开，只有虚空才能承受，只有荒漠才是我的归宿。

啊，我从这里走出，又终将化身与汝。

天地之间啊，闪电过后还是空寂。

当他唱完这段时，繁星已经布满天空。他索性躺在沙上，在星光下安然入睡。

2011 年 8 月 21 日

沙漠晚风

深夜中不知什么时候,星星被大片大片飘来的黑云全遮挡住了,天地坠入完全的黑暗中,风起了,阴凉阴凉的,戏谑般拨打着莫言散乱在黄沙上的头发,飘舞的碎沙划过他略微泛白的脸庞,平铺的头只能更加深得埋进蜷缩的身躯。完全沉浸在睡眠中的他,已然有了几分清醒,但连日来行走带来的疲惫把他牢牢压在黄沙中,对风的欢喜只能进入他的浅梦中,化作随风起舞的身影,好像乘风而翔的苍鹰,成为天地跃动的精灵。他在梦中大笑起来,头仰起了,身体舒展了,而笑声震落了在他身上逐渐堆起的积沙,不觉中他度过了被无边的沙尘埋没的厄运。

风停了,太阳出来了,但他没有立刻上路,嘴角带着笑,沉浸在昨晚突然来到的风之梦中,仿佛仍在天地间游走。

2012 年 2 月 9 日

乌鸦的歌

风停的时候,一大群乌鸦趁着柔和的阳光出来活动,盘旋在沙漠中少有的食物上面。

远行的人啊,停下疲惫的脚步吧,这沙漠赛过柔软的床垫,足够你安歇。

乌鸦的叫声反而使这人警醒,他仰面看着这些乌鸦,用手撑着沙地,缓缓站立起来。

乌鸦看到这人的举动,飞得愈发低沉,盘旋的圈也越加紧缩,他们一个紧挨着另一个,既相互给予力量,又间接阻挡了这人的视线,虽然在沙漠中方向其实是很难辨识的。

我们的忠告难道你没听见吗,我们曾经飞跃千万里路,见过遥远天边的红沙,也嗅过百年才遇的沙漠中雨水的气味,还有无数个与你一样的人,他们大多听从了建议,那少数固执的,在耗尽最后一口气力后,也会痛苦地明白早先的良言:你要是聪明,就在此止步吧,反正到处都是一样的沙漠。

这人用风衣遮住脸,沿着起身的方向继续前行,他不愿与这嘈杂的声音争辩。乌鸦也不愿陷入生死的争斗,他们宁愿得到匍匐在地的死人,为了早些尝到美餐,他们又唱起如沙般沉积的歌。

> 我是沙漠乌鸦,飞跃万千艰难,见过无数景象,
> 长脚的人啊,匍匐向前,为了幻象,受苦无算,
> 听我奉劝,沙漠无边,宇宙即沙,
> 停下步伐,化身为沙。

在漆黑的深夜,他在风沙中睡去,这群黑色的乌鸦进入他的梦境,又唱起奇怪的乌鸦之歌:

> 三只眼的乌鸦
> 是我们的祖先
> 黑色的翅膀
> 闪耀远方的荣光
> 我们飞过无边的沙
> 来到你的身旁
> 黑夜已把你压垮
> 我们只能在梦中歌唱

> 你这天真的人
> 竟要探究世间的迷
> 短促生命
> 不过才是
> 沙中一粒
> 劝你还是
> 做梦终身

在梦中,他本是要安安静静听完乌鸦的歌唱的,毕竟在这荒凉的沙漠中,难得见到活的生物,可乌鸦们沙哑的嗓音挤出的音符实

在刺耳,他自己的声音在梦中响起,对着那群鼓噪的乌鸦:

　　你们这群
　　腐食动物
　　蛊惑话语
　　缠住前行脚步
　　我才不要
　　当作食物

　　时间已经
　　悄然流逝
　　生命之音
　　在我内心
　　死亡早已
　　至于不理
　　虽然我是
　　沙中一粒
　　也要奋力
　　向前行进

　　唱到这里时,他内心澎湃无比,充溢的自信不觉由嘴角的微笑流露出来,他掸了掸身上的沙土,里面似乎还夹杂着一两片黑色的羽毛。

　　风停了,太阳出来了,他微笑着起身上路。

　　　　2012 年 2 月 9 日、2014 年 1 月 1 日、2015 年 6 月 23 日

蛇之隐

　　摆脱了乌鸦的纠缠,这人轻快地行走在沙漠之中,脚下的沙粒微微作响,伴着这节奏,在广阔的沙漠中,他放声高歌。

天地之中，我独自行走，
无边沙漠，穿过时光之漏，
内心寂寞，只愿无限为友，
沙与协同，万千易筹谋。

他唱到兴起处，竟自手舞足蹈起来。在这荒漠之中，总要找一些快乐下去的事情的。一个从地下发出的微弱声音隐隐渗了进来，就如那些打破快乐极点的东西一样。

什么样轻浮的东西会发出这样轻浮的笑，要知道深沉的总是隐于深沉地下。

随着这空洞的声音，一条蛇从黄沙中探出头，它的皮肤苍白，已毫无一丝血气。

这人并没有为这突然而至的责难而感到些许惊讶或不快，他的精神反而更加抖擞，既因为又见到了同伴，又为即将到来的论争，尽管这条蛇将永远陷于地下，它的皮肤已难以适应阳光的直射，它的力量也不足以支撑它四处活动。

沙漠之蛇，尽管你言辞刻薄，但我还是对你有很大的好感，为你着想，希望接下来不论我们争辩的结果如何，你都要保留最后几丝气力，好重新钻入地下，尽管我不曾体会，但你说过那是既深又沉的。

你在讥讽我吗，年轻人，岁月的印痕在我身上刻上了智慧的标记，时光的流逝早已洗去轻浮的外表，而这些你才是刚刚听说吧。

如果智慧是由于固守一隅而烂熟一处，那我没有，如果轻浮代表血气方刚，那我宁愿轻浮。沙漠之蛇，你那所谓的智慧将你钉入地下，而本可给你留下一丝希望的轻浮，却也离你而去。

听到这些话，原本趾高气扬的蛇略微低了下头，但当它看到一直以来盘踞的那一尺见方的沙地时，它的信心仿佛又恢复了。

让我们丢下这些表面的判断吧，我们无权干涉别人的选择，因为这是由它的个性决定的。

这是你所说过的最轻浮的话，但我为它所暗含的明智而深表同意。

这时苍白的蛇皮抖动了几下，它本想以此显示得意之情，但爆裂的沙漠阳光已不允许更多的停留，它急切地钻入沙地，转瞬不见了。

沙漠又恢复了宁静，这人微笑着注视沙漠之蛇停驻的地方，小心地迈动脚步，以免踏过它栖息的地方。但刚刚还未完全尽兴的对话不由使他再次歌唱，歌声伴着前进的步伐在沙漠中激荡，这次蛇再也没有探出那块沙地。

在黑暗中摸索，在地下寻找，
一条蛇在沙漠，不曾出走，
它钻研每一粒沙，成为深沉专家，
它个性坚强，耐住岁月沧桑，
假如生命如沙，万物同一，
沙漠之蛇，智慧无比。

2014 年 1 月 1 日

沙漠绿洲

不知过了多久，反正比逝去的暗夜短，他在恍惚中跌爬着，刚毅的身材早已畏缩成蛇的形状，能够站立起来行走片刻已是极大的奢望，但他知道，停住脚步只有死路一条，不会有什么奇迹发生，向前行才有些微生的希望。

当他又爬上一个沙坡时，惯性的作用使他仍然抬头向上观看，可这次却不是一座更高的沙坡，而是湛蓝无云的天，像一个纯净的水滴，却怎么也滴不到他干渴爆裂的双唇。失望已然不复存在，因为幻想的念头早已被晒干。他把身体进一步蜷缩，像一块石头砸入万丈沉沙。四周的沙纷纷涌来，模糊了视线，迷漫了口鼻，这些早已无关紧要，他只想在沉落中安休片刻。

风起了，划过面颊，带走沉沙，可这次的风却如此独特，他颤抖着举起左手，指尖飘落的沙粒滑出一道美丽弧线，他不禁朝着那个方向望去，原来是一片沙漠绿洲。

他不禁在心中唱到：

在苦难之中，我与你相遇

这是上天的眷顾，还是命运的安排
一切的伤痛，都化作欣喜的泪水
流淌在过客
干涸的心田①

2015 年 6 月 24 日、2016 年 11 月 22 日

小丑的表演

他终于走出沙漠，来到繁华的城市，却发现小丑们在尽情表演。

什么是现实
谁能告诉我
在我面前
一切都已
完全破碎
我只能躲进
面具之中
再把现实
当作玩偶
戏耍在
手掌之间

2015 年 6 月 23 日

218

---

① 此处之后，曾于 2015 年 6 月 23 日设计白鹤之舞、猎人与渔夫、农民的呻吟、守门老吏、生锈的战斧、金钱游戏、占星家的献媚等小节，只是没有具体内容，故后续难以增添。而附加的几个小节中，只有当时留下的诗歌，权且收录，补上几句连贯的介绍语。

高山隐者

他逃离城市,遁向高山,却发现隐者内心的盘算
生活充满矛盾,那高尚的人却要经受最多的折磨

我已看破红尘
如果世间已然颠倒
你这高高在上的隐者
不过是逃避现实、内心怯懦的人
我又怎能
与你为伍
我要宣告
现实模样
挤掉水分
榨干虚假
现实应该
精彩无比
生命有限
不可更改
我们应该
理性欢快
再见隐者
你已思考
太过时光
仍然还是
不得要领
你要固守
这座土包
我也不能
将你挽救
前方之路

219

仍然遥远
世间大众
受苦依然
我要前往
深沉之海
将我思行
滴入大海

2015 年 6 月 23 日

飞上大海

他终于投向大海怀抱，和着海浪之声，唱起响彻过往、现在与未来的歌。

白鹤已经
冲入大海
她与蛟龙
相戏环宇
而我仍然
向上飞行
白云飘飘
身边划过
嗖嗖风声
使我沉静
我张开双手
朝着太阳
不停飞翔
瞬间已然
成为恒远
现实于我
全成虚假

我已不再
陷于思行
世间迷路
悄然洞开
一切谜题
已然解开
无路迷宫
需要跨越
无解人间
只能飞翔
可怜凡人
未有翅膀
升腾之心
牵系繁多
让心飞翔
朝向太阳
瞬间已然
成为恒远

2015 年 6 月 23 日

有限体系

前言

　　思想的演进需要留下印迹，宏观历史由史书记载，个体对外界
的认知与思考需要有些人暂且摆脱繁忙的工作生活，将自己头脑中
的想法记录下来，这虽则是个人行为，但都希冀能反映大众的思想。

三味时间集

在这些作家心中是存有顾忌的，除了上述得到公认的期望外，还有对自己本身的质疑，这种疑虑会推迟他们对外公布自己成果的时间，因此我们看到有很多伟大的作品都是在作者死后由他人代为发布的。

我们所处的这个时代发展太快了，起码从我们自己本身的感触来看是这样的，速食产品、直白娱乐，处处都要求快速见效，对于作家群体也会提出同样要求。不要抱怨精品由此缺失，思想本身对自身的快速反思与不断更新，是思想自身发展的途径。也许是因为这个理由，我才会不断写作，希望在今后的反思过程中能够改正自我，抑或有其他人的思想能从中得到一二分启发或批判也好。

当前的这部完整作品，是我较长时间来思考的结果，这个时间无法推算，就如同作品中的思想来源出处不明一样。当然，较明显的时间节点是上部个人文集撰写之中，虽然自费出版后它只被赠送给图书馆，其余的大部分都不安地躺在我家中，等待将来面世的一天，从那时起我就感到需要将思想进行完整论述，结合近期感触，终于有一个完整的认知框架可以让我将其从头脑中丝丝抽出。

我的初衷是考虑存在问题，以及变化与发展，但目前的思考结果，特别是通过经济学书籍的阅读让我认识到存在的最根本属性是有限性。在进行论述时，我还是受到黑格尔的影响，采用三三式的结构。于是我从存在出发，进而转到关系层，再进展到思想层。每一层次都有其考察工具，存在层对应的是时间与空间，关系层对应知性，思想层的考察工具就是思想自身，考察工具的标准或是谓词，可以分别用两个最基本的词表达，"有"与"无"，"等于"与"不等"，"是"与"否"。下一层次连同其考察工具成为上一层次的考察对象。这种处理方式，一方面让我分别从三个层次这种考察工具来考察这个体系，每次考察都按照存在、关系、思想的考察对象来进行。另一方面表示出关系层与思想层没有本身的属性，在这个体系中，唯一的属性是存在层的有限性，一切都从中演化，这即是变化的来源。有限性的本身，以及发展出的两个高级层次就是要对有限性进行扬弃（Aufheben）的，在这里我用较通俗的说法，即摆脱。

我自认已将整个体系做了一番整体论述，该开始具体的论述过程了，而黑格尔说过，将想到思想与将思想演化出来是有很大区别的，后者更加艰苦，这部作品权当是探索之旅，感谢耐心的读者能与

222

我同行。①

癸巳年夏于天津湖边居所

---

① 全文的体系当时设计的很全面,分三篇,体系的存在、体系中的关系、对体系的思想,从存在、关系、思想三个角度分述,文虽未全,权且收录。

第一篇　体系的存在

　　本篇从存在的角度考察这一体系的存在,这种考察方式决定了体系以及体系中每一层面的存在性。

第一章　存在的存在

§1　对象

　　【定义 1.1①】存在是存在的。

　　【释义】这是同语反复,主词是对象,同时它还充当谓词。作为体系的基础,实无法用其它方法进行定义。

　　【引申】这里的存在包括一切,活着的死去的,运动的静止的,看到的想象的,不如此考察体系不足以完整,但是否就会让人觉得这意味着万物有灵或是永恒循环哪,从单纯的定义是推导不出的,因为它什么也没有说。

　　【公理 1.1】存在是有限的。

―――――――

　　①　关于文中的标号,在每章之中,用按节排序,每节中按照定义或定理等的先后顺序排号,若是相同篇中跨章引用,在公式等的序号前加章数,如引用第二章第一节的定义 3,则用 2.1.3 表示,若是跨篇引用,再在上述序号前加篇数,用四位数字表示。

【释义】这是体系的基础，也是一切论述的起点，要将这个判断作为公理，并不意味着真实存在的一切都是必将据此具有属性，而是在这个体系中，所有的存在都是如此。今后很有意思的一件工作也许是将这个公理改为其它形式，如断定存在是无限的，但经过定义的转换，也许我们所指的是同样的内容。

【引申】从这里可以引申出太多的感慨，既然存在是一切，而存在是有限的，那么一切都是有限的，包括活的死的、动的静的、看的想的，持此论断，我们将不再具备鲁莽的自信，而多了几分落魄诗人的情愫。由此公理我们自然有这样的命题：

【命题1.1】存在的是有限的。

【证明】由定义1.1与公理1.1直接得出。

【引申】这个命题本身没有什么好阐述的，但论述到这里我们不免产生这样的疑惑，即如果说公理1.1是对存在的实质表述，那么对于其中以及这个命题中的谓词，即有限，我们却还是缺乏了解的，有限究竟意指什么哪，对有限的论述不属于对象一节的范围，而由工具给出。

225

§2　工具

【公理2.1】考察工具赋予考察对象以额外属性。

【释义】这种观点一部分来自康德，并逐渐被现代科学所证实。之所以对属性额外强调，是不否认对象本身的属性，但这种本身属性的可认知性，却并没有阐明，或许本身属性是所有其它考察工具带来属性的综合，或许本身属性就是人们的一种臆断，但都可以用公理的形式在一个体系中予以引入，如公理1.1所做那样。

【引申】这里不由得会产生如此意味，对象的考察工具是唯一的吗？如果说公理2.1用考察工具来给对象赋予属性，那么很自然的一个想法就是反过来的情况，考察的对象是否决定考察工具的属性，对这一问题的解答将放到下一节中。

【公理2.2】存在的考察工具是时间与空间。

【释义1】如同公理2.1一样，这一观点也是来自康德，并且就如同命题1.1中引申出的，在这个体系中缺乏那种自信，所以没有将时间与空间作为存在的根本属性，而是作为考察工具来对待。

【释义 2】作为一个封闭的体系，必定有些概念是外来的，有些原则是体系自身设定的，在这个公理中我们不得不面对两个未经体系阐释的概念：时间与空间。在这里只能求助于所谓的不言自明了，但是谬误与误解也会由之产生。我理解的时间或空间，与读者认为的是相同的吗？因此这里需要对之进行定义，但定义又会不可避免的引进新的概念，为此这里的概念是自认为较为基础的。

【定义 2.1】时间与空间的标准是有与无。

【释义 1】考察工具要具有进行考察的标准，这里所说的标准具有度量单位的意思，比如高度作为一种考察工具，具有的标准或度量单位是"米"。时间与空间作为抽象意义上的考察工具，其标准只能用"有"与"无"这样的谓词表述，因为这个体系是从抽象意义进行论述的，如果我们从具体意义上考察时间与空间的标准，并分别用以一维坐标的"秒"与三维坐标来表示这两者，那么我们就是进入了具体领域，与抽象思维无关。

【释义 2】将"有"与"无"作为时间与空间共同的标准，而不是用连续性或间断性来表述，是因为后者可以用这两个谓词表示，连续性可以用"有"或"无"的连续来表示，间断性是由"有"到"无"，或由"无"到"有"。

【定理 2.1】时间与空间赋予存在以有与无的属性。

【证明】由公理 2.1 与 2.2 可知，时间与空间作为存在的考察工具，将赋予存在以额外属性，接下来的关键是论证"有"与"无"作为时间与空间的标准，如何与存在产生关联。为此，我们不得不返回到考察工具自身，先弄清一般的考察工具的标准会给考察对象带来什么样的性质，我们需要下面的引理：

【引理 2.1】考察工具的标准赋予考察对象以相应属性。

【证明】当我们针对考察对象来论述考察工具时，隐含的意思就是考察工具要具备进行考察的标准，没有考察标准的考察工具就不能称其为考察工具，所以考察工具与考察工具的标准是一体的，那么公理 2.1 所谓考察工具赋予考察对象以额外属性，就已经暗含的指出了考察工具的标准赋予考察对象以额外属性。由于这里明确指出了主体是考察工具的标准，那么考察对象的属性就可以明确点明是由于这一主体而来的相应属性。

§3　综合

【命题 3.1】存在的有限性和有与无的属性是相互决定的。

【释义】通过前两节的阐述,我们已经知道了存在本身是有限的,同时时间与空间作为存在的考察工具,又赋予存在以相应的有与无的属性,那么很自然的一个疑问就是,这两种属性间具有怎样的关联关系,是有限性决定有与无的属性,还是反之,抑或是两者间相互决定。

【证明】这里我们先假设有限性决定有与无的属性,然后论证有与无的属性也可决定有限性,从而判断出这条假设关系是错的。这是因为有限性是无限性的反面,而有与无的属性,通过"有"或"无"的连续,能够表示无限性,从而就可以表示无限性的反面即有限性。当然,我们也可以直接说,有限性是由"有"到"无",或由"无"到"有"的过渡,从而可以用有与无来表达。

我们下一个假设是有与无的属性决定有限性,为判定这条假设是错误的,需要论证有限性决定有与无的属性。这是因为有限性是无限性的对立面,后者可以是纯有或纯无,而或然命题的对立面必须是"与"命题,也就是有限性决定了"有"与"无"的同步存在。

由于我们同时证明了有限性和有与无的属性单独决定对方是不可能的,那么只能是两方相互决定。

【释义】可能这个结论有些出乎意料,我们很希望作为存在根本属性的有限性决定考察工具带来的属性,抑或是如不可知论者希望的那样,考察工具的标准决定考察对象的属性,从而我们对考察对象本身的属性不可获知。但由于在这个体系中,以上两方面都是用公理的形式引入的,我们已经先验地认定存在具有有限性的属性,以及存在的考察工具是时间与空间,这两条都是具有同样地位的公理,那么它们之间的相互关系就是不可言说的,但由于两者同处于一个体系中,那么必然具备某种关系,其实说两者相互决定与说两者没有关系是同样的,纯有等同于纯无。

【定义 3.1】存在层是存在及其考察工具的总体,其属性由存在决定。

227

【释义1】这里我们将存在与其考察工具即时间、空间作为一个整体来看待，并将其命名为存在层。

【释义2】按其自身定义，存在层的属性应由存在及其考察工具共同决定，而按照定义2.1，存在的考察工具即时间与空间可以由有与无度量，又由命题3.1，存在层的属性只需要由其一个组成来决定就可以，那么我们是否可以将定义中存在层的属性作为一个定理来引入哪？可是我们会注意到，这里有一个模糊之处，有与无能算作时间与空间的属性吗，如果是的话，那么我们既可以说，存在层的属性由存在决定，也同样可以推出，存在层的属性由时间与空间决定。但是体系中一直没有提出时间与空间的属性问题，我们只是在定义2.1中说，时间与空间的标准是有与无，注意这里是标准而不是属性，也就是说在这里体系中，我们对时间与空间自身的属性是不可能获知。

【命题3.2】存在层是有限的。

【证明】由公理1.1与存在层的定义自然得出。

第二章　关系的存在

§1　对象

【定理1.1】有限的不能独立存在。

【证明】若是有限的能够独立存在，那么有限的必然是纯有或纯无，但从命题1.3.1的证明过程中，我们知道有限性决定了"有"与"无"的同步存在，因此假设不成立。

【定义1.1】有限的这种不能独立存在性质称为关系。

【释义】之所以将这种属性称为关系，而不用关联、相关等词，是因为关系在不同场合可以有不同的表达方式，如存在着关系、具有关系、关系属性等，统称为关系不会引起理解上的分歧。

【推论 1.1】存在的具有关系。

【证明】由命题 1.1.1 与上述结论直接推出。

§2　工具

【定义 2.1】以存在层为考察对象的考察工具称作知性，知性对存在层进行分解，做出比较式判断。

【释义】知性的分解工作在西方哲学思想中被讨论很多了，这里将其作为知性的属性。

【定义 2.2】知性的标准是等于与不等。

【释义】定义 2.1 认为知性做出比较式判断，比较对象间最基本的关系就是"等于"与"不等于"，"强于"、"大于"、"重于"等关系一方面可归于"不等"范畴，另一方面也可以由关系及知性标准推导出来。

§3　综合

【定理 3.1】知性考察的是存在层的关系。

【释义】这个定理进一步指出了知性具体考察的对象，是知性定义的深化。

【证明】按定义 2.1，知性对存在层进行分解，而分解出的

【定义 3.1】关系层是存在层及其考察工具的总体。

有限抉择

只有深刻地认识当下，才能真实地生活。

——2012 年 9 月 15 日

如果一个故事在头脑中盘横多年，你给它起了个名字，但仅此而已，其它一切都一直是模糊状态，这说明了两点：它一定是个好故事，而你还不配拥有它。

以下要叙述的，在我看来是属于自我的一个故事，它至少经过了三年酝酿，随着自身的逐渐觉悟，其脉络才得以逐步清晰。现在我不愿再等下去了，有一种冲动要我把它讲出来，也许再过若干年后会发现这一切都是那么幼稚，也许你早已笑出声来，但是不要紧的，因为这说明了两点：

它一定是个好故事，而你还不配拥有它。①

引子：黑白世界

故事通常会在开始时讲述其发生的地点，而这个故事开始时要从审视所处的周遭环境入手。虽然水平较低，但我还是很喜欢下或看围棋，并且打算以围棋的视角来看这个世界，往往在这时会发现，彩色世界可以归结为黑白的。

非黑即白

弈棋之始，先要猜先，即有一人抓出一把棋子，另一人猜棋子数是单数还是双数的，猜对了则有选择黑子或白字的优先权。让我们由此出发，看一看这简单的规则会给这纷繁吵闹的世界带来哪些启示吧。

首先，在现实世界中我们像小孩子一样太纠葛在意于自己的角

---

① 本文成稿于 2015 年 6 月 8 日至 19 日的两个星期内，以往的经历告诉我，有了想法必须要克服困难将它们写下来，而且要完整记述，直到敲完最后一个句号。但这样做，也会由于仓促成稿而带来很多论述不到与未加展开的地方，需要今后再予演绎。

色了,小孩子在做游戏时也会像模像样地愿意扮演警察、国王、女王,而身份的颜色又有什么关系哪?起码围棋里执黑与执白最终的胜负是不分上下的,因此一个棋手是不会太过于在意所执子的颜色的,更没听说哪个会像赌徒一样煞有介事地研究其中所谓玄机的。

其次,在棋子的世界,虽然有讲解时"黑云压顶"、"一行白鹤上青天"等形容句,但不会在棋子颜色上倾注价值倾向的,没有黑高贵还是白雅洁之分,现实世界可远非如此,这点不用再耗费笔墨举例了吧。

所以,我们关于自己的身份应该洒脱,那说明不了什么的,即使是国王,中外历史上也不乏崇祯、路易十六等亡国丧家之主。那我们该对一切都抱着无所谓的态度吗,云游天下、抱虚弄玄去吗?且慢,因为黑白世界不是用黑白子做拼图画,其中隐含着图穷匕见的森森杀机。

屠杀大龙

现在的围棋世界由超年轻的一群棋手统御着,我不愿点出他们的名字了,因为那只能作为以后回忆之用。围棋已经回归中国古代中盘激战的格局,只有年轻人才有如此精力与天不怕地不怕的勇气。这样的世界是很精彩的,看围棋讲解也愿意观看大龙对杀的棋。

细数一下至今流传的故事,《三国演义》《水浒传》《伯罗奔尼撒战争史》等,哪个不是讲述激烈的战争冲突,即使如《红楼梦》看似你侬我爱的故事,也贯穿着家族冲突这样的主线的。因此在黑白世界中,我们看到了血的颜色,刺刀见红、一击致命,而拼到最后比的就是力量。这是残酷的世界,没有妥协,不是你输就是我赢。

除了重大利益冲突,有时为了1/32目这样的微小利益也要挣个先手。再看芸芸众生,哪个不是为利而活,市场上讨价还价,交易中非赚即赔,官场里一位难求。而清高早已被茶米油盐洗刷的染上颜色,因为我们就是处在这样的竞争世界中,"优胜劣汰、适者生存"。

在这样的世界中,我们会感到自己的渺小,自己只是一枚小小的棋子,由别人操控着落下,棋局的胜利不会归功于一两手棋,即使是"中和"之妙手,也淹没在棋子海洋中。但围棋世界,除了相互对杀博弈的棋子外,还有广大的地,也即空间、资源,将发展之地纳入棋盘之中,是围棋区别于其它棋类游戏的本质,它扩充了游戏角色,由相互竞争的双方关系,变为黑白棋子与实地空间三足鼎立的循环关系。

实地致胜

所谓围棋,故名思议是相互对围的棋,围棋取胜之道,最终还是要点数双方棋子所围之地的多少,当然屠杀大龙的中盘胜是速战速决之路,但有多少棋局是大龙虽死,但终局时靠围地多而扭转乾坤的,毕竟提拔对方一子换来的是区区两目而已。

由此,我们揭开了人类掠夺资源的遮羞布。人们相互攻杀,归根结底还是为了争抢各种资源,包括土地、矿产、水源乃至外太空。我们不宜用丑陋、卑鄙、血腥等词眼描述这个过程,因为黑白世界是构架在黄色的矿之上的,也不要愚昧地再相信释放、解救、救苦等光面堂皇的宣传,因为他们盯着的是你身后的资源,而你只不过不知碍事地站在它的前面。

不过在这样的世界中,我们有两件事是值的欣慰的。每个棋子都有各自的价值的,虽然会有大有小,但围地是要用棋子的,棋子之间只有效率高下之分,每个棋子身后都有自己所占的一片空间,由于自身的存在,其它棋子是不敢太多靠近的。第二件事告诉我们"宜将风景放长远",不到最后数目摊牌,都有胜负扭转的机会,人哪,则不到盖棺定论都还有变化的可能,虽隐忍一时,但一鸣惊人。

黑白围棋高度概括了我们所处的周遭世界,它告诉我们世界的第一生存之道是"争斗",而绝不是"中和",但棋盘很大、世界很宽,生活中大多数时候是平庸的,是看不到刀光剑影的,再加上说教家们的宣传、鼓噪者的渲染,简直是天上人间了,但你要追求每一手、每一天、每一事的效率,积小胜为大胜,不要到阶段性清点时两手空空。

以黑白作为本故事的起点,有些学逻辑学著作中以实地或空无作为起始的手法,以矛盾引起运动,但黑白世界又多了资源环境这第三方参与者,故又不局限于纯逻辑的演绎,黑白世界可谓是变化无穷的,所谓"古今无同棋",但即使这样它也是有最终的变化数的,即361!(棋盘上总交叉点的阶乘),即使这样,比起我们所处的世界以及宇宙来讲,还是小巫见大巫了。下面我们要一探这一谜林的究竟了,为此,我先给大家提供样探险的好工具——规律罗盘。

规律罗盘

在正文之始,我们来阐述所直面的世界。如引言中所提到的,世界如此复杂,需要用些简化的手段,前面我们曾以围棋做比,这里我们来对其进行抽象处理。我们将世界归简化为规律,期望通过规律认识把握周遭世界。下面我们就来理解规律的世界。

233

隐含空白

首先我们要认识到规律只是对现实世界的抽象,除了我们认识的规律外,在广大的世界与浩渺的宇宙中,潜伏着太多空白内容。但我们又坚信人类思想是能够对其加以认识的,于是我们常说规律隐藏在空白之中,等待着被发现挖掘。

对于已掌握的规律,如果其不再与事实相符,则寻找更深广的规律囊括之,暂且不提这种观念会通往大一统的终极规律产生(不管其难度如何,单是用直线式思维方式叠列规律序列就是值的质疑的),这种方式产生的后续规律将愈发抽象,而抽象除了深奥的含义外还意味着空洞,它们将距离活脱脱的事实愈发遥远,这样就会与规律身后的空白别无差异。

因此,为了在世界谜林中寻找路径,"规律罗盘"被最终发现了。

在林木茂盛的森林中，你要寻找归家或远行的路，手里总要拿一个罗盘，其指针指向一个固定方向，据此你才能确定自己所处的方位。规律罗盘的运行机理也是如此简单，指针指向的规律就是胜出的规律，人们要据此思维行事，但问题接着就产生了，最关键之点罗盘指针是如何运作的哪？且放宽心，欣赏完身边那颗大树上布谷鸟的悦耳啼鸣后，我们再来继续讲述。

争夺现实

　　规律的世界其实跟现实世界是很接近的（本应如此，只是原来我们设想的规律世界太崇高了，简直被想象成了天堂的模板），规律世界的第一条生存法则是"争夺"，"物竞天择，适者生存"的法则同样适用于此，不参与竞争的规律或争夺失败的规律，将处在地狱般的境地。

　　那么规律们"争"什么哪？当然是它们自身没有的，它们有什么哪？抽象的空白，它们就像被一层层白布缠绕包裹着，在空无中僵硬地拥挤在一起，它们谁都受不了这种难受憋屈劲，会想尽一切办法挤出去，来到阳光明媚、花香四溢、美女如云的现实世界的。这时，你就该明白它们自身缺乏的是什么了吧，没错，就是现实！

　　残酷的现实，冷酷的规律，多么绝妙的搭配。当你手拿规律罗盘，走在世界迷林中，除了你脆弱的小心脏砰砰乱跳声之外，若仔细侧耳聆听，会发现罗盘里隐隐传来咒骂、厮打、搏杀以及临死前的哀嚎声。突然之间，罗盘指针颤动了，你太多沉浸于找到方向的喜悦感之中了，根本就没注意到指针上沾着的血迹以及由于强忍巨大伤痛而不断的来回颤抖。那个规律暂时胜出了，我们会按其指引进行思考、实施行动，它获的了现实，而我们以为找到了真理，直到规律世界中又有一位挑战者经过层层争夺阴森森地站到指针下面，它知道生死决斗的时刻到了，"胜者为王，败者为寇"，而且一旦接触了指针，再想杀回来就更难了，因此，要使出全身解数，利用噪音、阴招将挑战者摁回地狱。而挑战者也绝不会善罢甘休的，要知道它经过了多少苦难，身上披着多少伤口，背后有多少咒骂，又有多少支脏手还在拉扯着那条断腿，才爬到这微弱的现实之光折射进的地方，再打倒挡住光线的那个混蛋，它就能沐浴在现实世界中了，那里的一分钟胜过地下的千年。

战斗又一次打响了，咒骂自然少不了，至于别的，由于我相信本书还有"未成年"的人士，就不宜详细描述这过于血腥的画面了。这就是规律罗盘，它承载着整个规律世界，指引着现实中人们的思行，而其内部的秘密，也许今天是第一次被揭示出。写下这些话，我感到阵阵恶心，夏日清晨的凉爽感觉以及三明治就疙瘩汤的美味早餐都被这一切打消了，我只希望不要太影响你的心情…

嘿！不要把耳朵贴罗盘那么近，小心溅了一身血！

螺旋维度

你要深入规律罗盘的内部，这样就不会因为站得太近而溅一身血了，你将畅游在血海之中。

如果规律们的个头相当、技巧相同，耍小聪明和阴谋诡计的本事也相差不多，那么这场争斗将没有终止。即使某个规律侥幸取胜，那又如何区分胜利者与那些上下漂浮的躯壳哪？规律世界需要建立等级，或是说个体晋升的途径，但这种文明世界的做法在这野蛮竞技场中是变了味道的，没有哪个规律会呆萌到老实的排队等待走到罗盘指针那里。你会产生疑惑，如果在现实世界中，一般公民都会自觉的进行排队购物、买票、上车，难道在对现实进行美好抽象的规律世界中，却缺乏这点起码素质吗？

你明亮的眼睛再一次让你受到了蒙骗。且不说排队人们心里的真实想法如何，就是倒退在战争年代的人们，也不会显示出这种所谓素质的，原因不在于一两个书生所慨叹的人性衰退、人心不古，而是积累的争夺处境所致。在人类所处的现实世界尚且如此，何况是竞争环境更加恶劣的规律世界。我们不要忘了，规律世界是对全宇宙的抽简，规律之密布是超过我们想象的，要在这种环境中生存胜出，除了老拳与诡诈，别无它法。

在规律世界中，矗立着一座螺旋阶梯。周遭的场景，如果你看过"黄飞鸿之狮王争霸"这部电影最后的决斗画面，是再形象不过了。篇幅有限，而我又不打算通篇都描述血腥镜头，这样会使得读者产生规律恐惧症的，他还得靠规律投资、移民、致富乃至改变命运哪。

我们稍稍静下心来，找一处安全之所，端详下这座螺旋阶梯吧。

为了争夺这座阶梯的上升通道，规律们用尽了一切手段、突破了一切底线（一旦它们赢得现实，就会变得尊严高尚无比，这是它们通过炼狱应得的补偿，可有些不明事理的人以为它们天生就是如此，对于这些被眼前现实迷惑的人，这个故事的一切都是扯淡），值得我们真正注意的不是那些血腥的场景，而是深入研究阶梯上升的维度。

而一旦思考到这点，摆在一般哲学的首要难题也就出现了。虽然哲学标榜爱真理、探究真理，可如果通过简单揭示所谓一般规律，就在心里拥有打开通向世间一切众妙之门的钥匙，然后摆出很酷的姿势，随口说一声"开门"，就会众音齐奏、百花分落、仙女罗列……

236

我不愿打破迷信的梦，可如果要继续这个梦就请离开这个故事，随便找个地方继续做梦吧。这是残酷的世界，争斗的场所，当胜利来得如此简单时，那它只是梦，幼稚的梦。因此严肃的哲学，深奥的宗教，都不会许诺人们有如此简单的认识捷径，它们往往以"无"开端，用"否定"的方法排除掉一般规律。因此，在这里我们能做的只是否定一些不可能的上升维度，其它的事情规律们会通过拳头探索的，毕竟它们占有空虚思维世界，要比我们聪明的多。

首先，时间不能解决问题。现实世界中，我们往往会说时间会给出一切问题的答案，要让时间来检验真假。在个体所处的微小家园中，时间维度有一定的真实性。但在规律世界，时间的度量衡太微不足道了。你看看现实世界中，一两千年才会有一个规律新立为王，所谓"天上一日，人间千年"很好的形容了时间在这两个世界中不同的地位。规律们不会傻到等待时间来决定爬上螺旋阶梯的先后顺序，这里按资排辈不起作用，谁都是仙风道骨、资质清理，谁都能活个千把万年，让它们来等待，太幼稚了吧。

其次，空间也不是上升维度。现实世界中，不同的空间分布，会带来气候、资源、习俗的差异，地球控制权也在空间中转移变迁。但在规律世界中，如果假设某处的规律会因为恰巧处在那处而获得竞争优势，那么这样简单的认识对所有规律来讲都是太易获知了，它们必然蜂拥而至，从而加剧那处空间的争夺，这个过程就会拉平空间维度，使得单纯依赖空间攀登阶梯的企图落空。

第三，阶梯上升的路径不是线性的。现实世界中，赢者通吃的局面是不会在规律世界发生的。即使某个规律将双手搭上了阶梯的扶手，它也不会像坐电梯那样直接升到顶端，有那么多双手要把它拉下来，取而代之，阶梯上的继任者又会面临同样的境地。如果我们站在高处观看这个过程，忽略规律的具体名称，把它们统视为阶梯上的规律，我们就会看到它们上升的轨迹如同过山车一样，螺旋盘桓着，划出一条从炼狱到指针的优美曲线。

这个否定的过程可以一直进行下去，就看我们对规律世界认识的深入程度了。现在，我本人的认识只能到此为止了，再说些琐屑的话已没有多大价值。下一步，我们要从规律世界出发，进入现实世界，但这中间还横跨着认识，只有认识成熟了，我们才能沟通这两个世界，而不至掉入漆黑迷信或陷入奴役境地。

成熟阶梯

在进入现实世界前，先要跨过认识的桥梁。如果说现实是成年人的游戏场，那么通往现实的路径就是个体成熟的阶梯。一个人只有逐一走过阶梯的每一级后，她或他才足够心智成熟，有资格在现实世界中占得自己的地位。下面我们来逐一探究成熟阶梯的三个主要阶段，首先要从个体的初始状态开始。

由于认识的主体是当个的人，认识的初始状态基本对应于人的初始状态。事实上可以引申的说，一个人的认识处于何种阶段，他就是处于个体的相应阶段。这样我们就可以认为这里所谓的成熟阶梯，既指一般认识的发展历程，也是个人的成长轨迹。如果你已经是个心智成熟的人，回首走过的心路历程，你就会认同思想认识与个体成长是同步的这种观点了。

为了叙述的形象起见，我们来直观的审视个体的成长轨迹，而不是陷入抽象的思维迷宫中，那样的话我们可能永远也走不出去了。

现实浮块

对于人的初始状态,有很多美好的描述,可是说这些话的人,往往都面露无奈,口打唉声,因为他们清楚地知道实际的残酷性。这里我们又一次被美好动听的故事欺骗了,而且被蒙蔽了许久。

我们以为自己周边的一切都是现实,可虚假构思出的幻境终将被打破,到那时就会如同一面镜子被打碎,纷纷散落的是一块块碎图。这时我们会感到天旋地转,仿佛眼前的现实都碎了,而人在最悲痛的时候,才能认识到残酷的真相——个人不是处在稳固坚实的现实之中,而是在现实洪流中,挣扎着攀扶在现实浮块上。

现实浮块是对个体存在的真实反映。一方面,他们是处在存在的现实之中,他们的感官与思考都是具有现实感的;另一方面,他们的存在是不稳固的,他们的所见所感是转瞬即逝的,他们的个人生命是受到各种限制的,即使他们赖以寄托的原以为亘古不变的规律,也如我们已经了解的那样,是在争斗中不断变换王座的。

这里用现实浮块来表达个体的存在,突出了个体在整体中漂泊变迁的动态过程。当然也可以简称为现实块,但从字面上理解,现实块是针对个体从整体中剥离出的孤散状态,是宁静幽伤的孤独。现实浮块不仅反映了个体的初始状态,而且隐含了个体下一阶段的成长变动。

但是在发动之前,我们还要再了解下认识在这个阶段的存在状态。"浑然一体"是一种概括的指述。在认识的这个起始阶段,如同婴幼儿的认识水平。个体认识不能将自身与整体认识区分开,个体认识与整体认识是紧密联结在一起的,就如同脐带与母乳将婴儿与母体联系在一起一样。

我们不要以为这种状态是初级的,就应该被舍弃。认识的每个阶段都是必需的。初级阶段不是为了下一阶段而存在的,这整个认识过程就是一个循环。为了叙述清楚认识在现实浮块上的意义,我们不得不放开拉在其上的绳索,任其激流中飘荡,这样我们才能看清它在整个图景中的作用,而现实浮块的涌动将带我们进入下一阶段。

转动罗盘

　　现实块(我们在这里用简称,因为现实浮块已经运动到此)作为联通规律世界与现实世界的个体存在,缺乏这两个世界的核心内容,它们要做的就是转动规律罗盘,争夺现实。让我们先从第一件事讲起。

　　我们先要倒退回规律世界。在上一章中我们深入到规律世界内部,除了看到各种不堪入目的血腥场景外,还了解了作为规律世界核心的规律罗盘的运转机制。这样做的好处是直视并且直击要害,但也割裂了规律世界与认识桥梁乃至现实世界的联系。而这种联系是通过内在于个体中的规律罗盘实现的。

　　在上一章中,我们认识到到规律在规律罗盘中进行争斗以争夺罗盘指针的位置,但规律是如何从浩渺无尽的规律世界中进入到规律罗盘中的哪? 规律罗盘是作为独立存在,如直耸入云的教堂塔顶上的石英钟那样吗? 这种绝对存在的观点与全凭实力与奸狡进行生死争夺的规律世界是不想融的,也与个体作为现实浮块而存在的现实相反对的。

　　我们曾经提到,整个认识过程是循环的,规律世界与现实世界是不可分离的,个体攀扶在现实浮块上在现实洪流中漂流,也就是徜徉在规律世界中,当他饥渴难耐,从现实中舀出一瓢血红液体时,他也在捕捉其中蠢蠢蠕动的规律。这里我想引用一个 70 后日常生活常见的动作来表达认识对规律世界的联结过程:"对表"。在我们生活的年代,很多人手腕上都戴着一块手表,为了调整时间的准确度,往往要跟参照的表匹对时间。

　　战斗的意义就在于取胜,斗争的条件在于相对。在规律世界,是没有绝对的参照标准的,那样规律世界将急速塌陷,只留下一个深深的黑洞。规律世界的斗争是通过现实块上的个体实现的。每个个体的内在都用自己的规律罗盘,规律在个体的罗盘中争斗,以取得指导个体思考行动的指针地位,个体按照规律指针的指示在现实谜林中既为自己也为指针上的规律争夺现实。

239

这就是整个认识过程,我们通过斗争的一贯视角打通了三界。这个过程的第一步就是"对表"。个体的规律罗盘要尽可能一网打尽规律世界的全体,并且要做到真实、清晰地。孩童时期就是处在"对表"的阶段。除了所谓语言学习,最关键的是她或他凝望自然出神的清澈目光。成年人少有这样的场合,他们整天为琐事忙碌,争夺着自以为是的利益,可谁又曾考虑过,自身已与规律世界相隔太远了。一辆飞快的列车急速穿行在花海与绿林中,蓝天上的几朵白云不愿太多搭理飞流直下的瀑布,懒洋洋地在银光色波澜上掠过,而有些人宁愿埋头在厚厚的所谓著作中,也不曾侧目窗外。这样的人,已与规律世界愈行愈远。他将与那些发黄的书一起,被新生的力量取代。

　　我们在现实浮块中所能做的,就是不断吸收规律世界的新变化,在内在的规律罗盘中承装更为完整全面的规律。至于罗盘如何转动,规律在罗盘内如何进行争斗,其实是与个体没有多大关系的。个体理智的差异不会对规律的争斗结果起到决定性作用,虽然规律是通过理性思考而运动的。这个观点是建立在人类一般理智的无差异性论断基础上的。相同经历与学识的个体,在思维能力上是没有多大差异的。制约个体规律罗盘运转的是"对表"的准确与完整程度。

　　通过上面的阐述,我们发现,在现实洪流、规律世界中漂泊不定的是一群现实浮块,每个浮块上面都搭载了一个微型的规律罗盘,浮块按照罗盘的指针行动。这时,天地间风雨交加,一道道利闪劈开乌黑的盖壳,映出水面上弱小的悬浮块,那苍白面孔的人,双手死死抱住浮块,简直与浮块结成了一体,因为他知道,浮块就是他生命的保证,是他存在的所在,而他的一支腕子上牢牢系着一块罗盘,他要在浮块翻沉、生命终结前,按照罗盘的指针所向,拼命游到那里,从而得到救赎。

　　下面,我们就跟随他,向前游行。

冰山涌现

　　个体在现实浮块处于面临分裂的现实之中,他为了争夺更多现实利益,按照各自规律罗盘的指示行动。可所谓规律指示,在茫茫的现实洪流中又起什么作用哪,他们只能做盲目随机的布朗运动。可当两个现实浮块偶然碰到一起时,奇迹发生了。

你会以为他们会欢天喜地的互相拥抱,毕竟在孤独中他们各自行走了太久,然后携起手来一起旅行。这幅图景太浪漫了,以致只能像画一样被搁置在某个角落。他们碰到一起,唯一会做的事,是按照血腥罗盘上规律的本性要求,不惜一切代价相互争斗,以争夺对方的现实块,增加自己的现实感。

当个体失去他们赖以存在的现实块后,他们就会逐渐下沉到现实洪流的底部,失去的现实块越多,下沉的越深,直到完全没有现实块后,彻底迷失在现实洪流之中。当一场争斗有了结果后(这是必然会发生的事,不论期间的时间有多久),某个个体拥有更多的现实块,而失败者则带着血红伤口、眼含不甘的下沉。胜利者更多的现实块,就像走兽场中间的一大块烂肉,引得闻到血腥味的困兽们纷纷出动。

在这里没有必要装什么崇高,这是由于个体内在的规律罗盘所必然引致的。如果你不太晕血的话,还应记得那被奉为神明的罗盘指针上的规律是如何拼尽毕生精力、舍弃一切底线,就为了争得这个位置以获得现实的。个体罗盘指针上规律所指引的,只能是更多现实的方向,规律就像没有手脚的幽灵一般,驱使个体奔向那个战场去争斗。所谓个体的胜利其实是规律的胜利,只不过它们即使胜利了也仍然会保持阴险的本性,偷偷把目光瞄准更多的现实。

也就是说最初做布朗运动的两个现实浮块偶然的相撞,引发了现实块间不再均一的分布,从而导致其它现实块相继向那个出事地点奔去。在赢者通吃的局面下,那唯一的胜利者脚下的半死半活的以及完全死掉的尸体越堆越多,他从现实洪流中涌现出来了,脚下是金字塔式的失败者与死尸堆起来的如冰山一样的现实块。只不过这冰山是血红色的,而且是活动的,那半死半活的个体既要压住身下的微弱反扑,以保住自己仍能处在洪流之上的暂时安全位置,还要想法设法将踩在自己头上的那只脚拉下来,用尽力气再往上攀爬一级。

这幅图景是再完全没有资源存量的情景下发生的,如果我们回到引子中所提的黑白世界,就会知道这单纯强调争斗的情况虽是黑白世界中的最基本生存法则,但黑白世界还有资源,棋子间除了争

241

斗还可占地。

但黑白世界之说只是个比拟，或说是美好的愿景，除了争斗还可各自围地，虽然最终会有胜负之分，但有时候过程也可以和平渡过，认为现实世界会按照这种方式演进，就太天真了。所谓的地、资源、发展空间，不过是以往争斗之后沉积下来的僵硬、失去生命的现实块堆积在一起组成的，后续的现实浮块可能不会再去进行直接争斗而获得更多现实，而是按照规律罗盘指示的那样，直接寻找奔赴更大的现实沉积块。这个过程似乎是个和平发现的过程，但我们不要忘了脚下看似坚实的地下还渗着的层层血迹，更需提防旁边冷不防打来的拳脚，新的争夺马上开始……

有限抉择

我们从黑白世界出发，由于好奇心的驱使，直接进入规律世界之中，在那里见识了表面上冠冕堂皇的规律罗盘血腥的内部，认识在这种强烈反差与刺激作用下，迅速成熟，首先认清了自己不是处在坚实完整的现实之中，而是攀扶在现实浮块上，其次学会了听从内在罗盘的指引，向具有更大现实的方向前行，于是具有这种姿态的个体就真正进入到了现实世界。

他又会遇到哪些奇葩事件哪？让我们屏住呼吸，悄悄跟在他身后探个究竟。

世袭社会

当他欣喜地来到现实世界，想要按照内在规律指引，在广阔天地中拼搏一番，赢得自己的现实之时，他首先发现现实已被各种力量垄断，只能无奈地站在冰山脚下，悲凉地看着山上的各种角色演戏。

你虽然会有所同感，但出于思维的一贯性，会为规律世界、认识桥梁与上面所描述的所谓现实的逻辑差异而感到疑惑。如果争夺是规律世界的第一原则,如果认识的行动方向是按照规律指示朝向更多现实的地方,那么在现实世界中个体就应该去努力争夺现实的,而上面的个体怎么感到他们要变成只会抱怨的滥情诗人。

我给出的解释是规律世界与现实世界间存在歪曲,这就是我们要首先进行理论学习的原因,进入规律世界直击最核心的内容,然后让认识逐步成熟,这样我们才不至于迷失在现实谜林中,那里有太多假象与伪装。

由于时间的演进、关系的维系等作用,现实世界已不再完全通畅,各种利益团体黏在一起,立在洪流之中,阻挡着后续的现实浮块。那黏糊糊的块体里面,是贪婪咀嚼着现实块的一张张嘴,用于争斗的双手与双脚已然退化。一些拼命挣扎在现实洪流中的个体,只看到现有这些利益团体的貌似巨大,便放弃了争斗精神,委身其中,用自己鲜活的生命供给这些贪婪的嘴,直到自己也逐渐退化,再去吸收后续的现实块。

让我们从这种思维写生中清醒过来,毕竟你手持的书是纸质或电子的,而我还是在这样的一个夏日阴雨天中双手快速敲击着键盘。现实中,你我都感到自己的存在,虽然有时也会感到自我的渺小与无力,总想蜷缩到一个角落,回到属于自己的那块现实上。所谓规律罗盘、现实浮块,不过都是对现实世界的抽象概括,就像你对待那些空洞的说教一样,过一会你也完全会将它们抛到一边,玩起自己的智能手机。

到了这个阶段,我们还是直接阐述周遭世界吧,这样更直接,也更能安抚你那早已不耐烦的心。如果说现实世界中有上面所谓的利益团体,那就直接阐述出来吧,再也不愿听大嘴巴的故事,这又不是恐怖小说。

好吧,我们开始对现实世界进行阐述,但请允许我做些回顾与引述,因为规律与认识是不以时间为维度的,但现实世界是各种力量综合作用的场所,从时间角度看,我们只是恰巧处在当今的现实中。我们常说,感同身受,处在历史上的某个节点,在那个特定位置,我们与古人会有相同的感受,做出相同的抉择,如今,穿越故事如此流行的原因,也就在于这个朴素事实开始被人们重视了。

不论是对人身的奴役,还是土地、资本、知识的占有,都具有权力的世袭性质。即使是个人头脑中的知识,也可以被行业协会、社

243

团组织等占为少部分人的所有。在世袭社会中,社会还在运转,但已失去发展的活力,个体被既有命运摆布,没有了争斗的精神。

这就是周遭的现实,如果你这么早就想放弃,那么下面的章节就不用阅读了,因为接下来的故事只会使情况更糟,而且你注定等不到否极泰来的那天。

濒临死亡

在最糟糕的时刻,人们往往才能认识人事的真相,虽然对困境于事无补,而且更多时候还会往伤口上撒盐。当个体无助的在世袭社会中痛苦徘徊的时候,他发现自己的步伐越来越沉重了,周边的人莫名的倒下,巨大的恐惧袭来,原来是死亡临近。

认识死亡是思维进入老年的阶段,当个体奋力拼杀时,是不会意思到它的。但人们不是常说,老年人的思维才是最周全的,用老年人的视角才能看清这世界。而且对于接触过死亡的人(这点谁能早晚难免),再选择无视死亡的存在,只能说明他拒绝思维的成长,如鸵鸟般把头埋在真相之沙的下面。

认识到死亡的存在,并不是说让死亡整日占据整个头脑,那是被吓傻了的表现。死亡作为必然事件,既可以在理性规划中进行,也可在静默中逐渐消耗个体的生命。死亡作为个体生命的终点,认识它有助于我们把握自己所剩的生命长度,从这个意义上讲,尽早理性的认识死亡,将给我们带来更多的可自我把握的生命。哲学家听到这点一定非常高兴,因为他们曾自称是研究死亡的。

这个沉重的主题,不太适宜在阴霾天气中展开。一个小孩子可能被恐怖故事吓哭,可成年人有时反而会开怀大笑,为故事中的种种穿帮场面手舞足蹈,完全不顾这个故事有多吓人。为了缓解气氛,我们接下来要做的就是自己找些乐子,在笑声中读完这个故事。

艰难前行

世界是如此悲惨，原本以为高高在上的规律也要进行生死搏斗，个体脚下坚实的地面竟然是飘荡的浮块，内心中神圣的声音原来不过是为了找寻用于充饥的现实，举目四望有利的一切已被贴上世袭的标签，来不及慨叹死亡已然临近。

不用再描述下去了，即使在阳光中也可找寻到黑点。再一次声明，这个故事不是恐怖小说。之所以做出上面这些论断，是因为不论规律世界还是认识阶段与现实迷林，其本质就是理性抽象出的这个样子。就如同遭受过重大打击后的人，一旦他挺过来了，就会心智更上一级台阶一样，我们认识这些丑陋的真相，是为了更好地前行，在这有生之年。

首要的是胸怀争斗的精神。如果规律都要进行一番生死搏斗才能脱颖而出，那么作为个体的我们更应该有尚武精神。周边的一切已经被春花雪月、和颜悦色、美言巧语遮蔽住了，以致我们流于现实，甘于无为。

为了进行争斗，则必须反对各种世袭与垄断。破除资本、知识等权力带来的桎梏，发展平等博弈的经济制度，营造公平竞争的社会环境，以个体的竞争焕发全体的活力，带动社会的进步。

最后，个体将关注自身的成长，实现自我的现实。以内在的发展，愈加贴近宇宙自然，从一枚普通的黑白棋子升华为占据实地、融通全局的"中和"之着。

这个故事先讲到这里吧，窗外潜伏良久的夏日清爽之雨终于落下了，透过莎莎的扑打窗棂声，隐约听到从古老历史中传来的欢快歌声，那将是新生之歌。

245